Christa Arnet

Frauen rächen raffinierter

Friedrich Reinhardt Verlag

Projektleitung: Claudia Leuppi
Korrektorat: Daniel Lüthi
Layout: Morris Bussmann
Illustrationen: Christa Arnet
ISBN 978-3-7245-2602-5

Der Friedrich Reinhardt Verlag wird vom Bundesamt für Kultur mit einem Strukturbeitrag für die Jahre 2021–2024 unterstützt.

www.reinhardt.ch

Inhalt

1
Adonis

Antonia war eine jener ganz normalen netten Frauen, die man überall sieht und nirgendwo wahrnimmt. Eine von denen, die in Restaurants den Katzentisch erhalten, in Boutiquen übersehen werden und an Supermarktkassen am längsten anstehen müssen. Und sie glaubte auch zu wissen, warum. Ihr fehlten die entscheidenden Dinge im Leben: Die Figur eines Models, das Auftreten eines It-Girls und die «Requisiten» der High Society, von der Vuitton-Tasche bis zum Porsche. Sie hatte nicht einmal einen Mann, was eigentlich seltsam war, da laufend wesentlich hässlichere Frauen geheiratet wurden. Ihre dicke, pickelgesichtige Schwester zum Beispiel hatte schon mit 23 Jahren einen Gatten und drei Kinder. Und natürlich war sie mächtig stolz auf sich.

Lange hatte Antonia auf eine Karriere beim Theater gehofft, nachdem ihr der Gesangslehrer eine ungewöhnlich gute Stimme attestiert hatte. Einmal brachte sie es sogar bis auf die Bühne des Volkstheaters, wo sie drei Wochen lang ein Dienstmädchen verkörperte, das von der Herrin aus Eifersucht erstochen wird. Besonders gut lag ihr die Todesszene, in der sie mehrere Minuten lang den Lebens- und Liebesschmerz in Versform hinausschrie, hinauswürgte und in sich hineinröchelte. Einmal warf ihr ein Unbekannter nach diesem erschütternden Auftritt einen Blumenstrauss zu.

Nachdem sich das Ensemble wegen Streitereien aufgelöst hatte, suchte und fand Antonia glücklicherweise eine verlässlichere Aufgabe: Sie wurde Aufseherin im Kunstmuseum. Und von diesem Tag an besass auch sie etwas, das sie mit Stolz herzeigen konnte: eine schicke dunkelblaue Uniform mit dem Museumssignet und ihrem Namensschild am Revers. Morgens, in der S-Bahn von Leimbach zum Zürcher Hauptbahnhof, setzte sie sich gerne in die erste Bank – im Winter mit offenem Mantel –, damit alle hereinkommenden Passagiere das Schild sehen konnten. Und an freien Tagen spazierte sie gelegentlich in der Uniform durch die Innenstadt. Vom Hauptbahnhof über die Bahnhofstrasse, den Rennweg hoch zum Lindenhof, dann hinunter an die Limmat und durch die Storchengasse zum Fraumünster bis zum Bürkliplatz. Zurück zum Bahnhof ging sie gerne über die Quaibrücke, den Sechseläutenplatz und das Limmatquai, wobei sie sich stets beim Sternen-Grill am Bellevue eine oder auch zwei der berühmten Bratwürste gönnte.

Auf ihrem Rundgang blieb sie immer wieder kurz stehen, um dem gemeinsamen Glockenkonzert der Altstadtkirchen St. Peter, Fraumünster und Grossmünster zu lauschen und den Schwänen am Seeufer zuzuschauen. Oder sich über die schwindelerregenden Preise der zahlreichen Nobelboutiquen zu wundern. Wer solche Klamotten kaufte, war ihr schleierhaft. So wenig Stoff für so viel Geld! Das war definitiv nicht ihre Welt. Nie hätte sie ein solches Geschäft betreten, selbst wenn sie ein Vermögen besessen hätte. Die heuchlerische Freundlichkeit arroganter Verkäuferinnen hätte sie nicht ertragen.

Manchmal wurde sie von Touristen, asiatischen vor allem, nach dem Weg oder einer speziellen Sehenswürdigkeit gefragt, weil sie für eine Polizistin oder Fremdenführerin gehalten wurde. Das schmeichelte ihr sehr. Freundlich und detailgetreu gab sie Ratschläge über besonders interessante Stätten und wies natürlich auch auf ihr Museum hin. Ein Geheimtipp für Kulturfreunde! Naja, ein bisschen Werbung konnte nicht schaden. Zugegeben: Ihr Museum umfasste nur einen Bruchteil dessen, was weltberühmte Institutionen, wie die Uffizien, beherbergten. Aber dieser Bruchteil war in ihren Augen absolut erstaunlich, bemerkenswert, einmalig. Zu Unrecht völlig verkannt.

Der schlichte ältere Bau umfasste mehrere Sektoren und Flügel, in denen die verschiedensten Kunst- und Stilrichtungen von der Frühzeit bis zum 20. Jahrhundert präsentiert wurden. Antonias Reich war der Saal mit den altgriechischen Skulpturen, Vasen und Bronzen aus dem Nachlass des Barons Eduard Klunge von Rabis, einem aus Deutschland eingewanderten Hobbyarchäologen, der seinerzeit selbst an Ausgrabungsarbeiten teilgenommen hatte. Der Baron hatte zu Lebzeiten noch die genaue Anordnung der Exponate bestimmt: die Vasen in einer Glasvitrine in der Mitte des Raums, damit sie von beiden Seiten betrachtet werden konnten. Die überlebensgrossen

Marmorskulpturen in den Ecken, die kleinen Bronzestatuetten in zwei Vitrinen an der hinteren Wand, beidseits des berühmten Grabreliefs «Sitzende Frau mit Sklavin» aus dem 5. Jahrhundert vor Christus.

Antonia liebte diesen Raum, die leicht verstaubten Vitrinen, die nach Altertum riechende Luft, die schweren, ausgebleichten Vorhänge, die sie im Sommer schon am Morgen halb zuzog, um die antiken Kostbarkeiten vor dem grellen Licht zu schützen. Oft schaute sie aus dem Fenster, über Dächer, Türme und Giebel hinweg zum Üetliberg und wünschte sich, ein Vogel zu sein, frei umherzufliegen wie die Tauben, sich hochzuschwingen, auf alles herabzuschauen und überall Dreck fallen zu lassen, auf diese Stadt, ihre Bewohner und Besucher. Vor allem Letzteres, dachte sie, müsste überaus befreiend sein.

Da sich die Sammlung im vierten Stock befand und der Lift bloss bis zum dritten Stock fuhr, kamen meist nur ein paar wenige Altertumsliebhaber. Etwas atemlos vom Treppensteigen streiften sie jeweils suchend durch den Raum, warfen einen kurzen Blick auf die Skulpturen und verglichen schliesslich das Grabrelief mit der Abbildung in ihrem Reiseführer. Manche riefen Antonia über die Schulter zu: «Ist es das?» Andere zückten gleich ihre Mobiltelefone. Dann erhob sich Antonia von ihrem Stuhl neben dem Fenster und sagte in strengem Ton: «Fotografieren verboten.» Danach verzogen sich die Leute bald wieder. Das war ihr sehr recht. Denn so hatte sie Zeit, ihren Gedanken nachzuhängen und Zwiesprache mit den verschiedenen Figuren zu halten. Längst kannte sie alle Details der ausgestellten Objekte, hätte jederzeit Auskunft über Fundorte, Alter und Namen der Dargestellten geben können. Aber das war nicht ihre Aufgabe. Dafür waren die diplomierten Führerinnen und Führer zuständig. So behielt sie das Wissen für sich und lächelte höchstens vielsagend, wenn wieder einmal jemand mit geschwellter Brust über einen Gegenstand referierte. Sollten sie doch irgendeinen Schwachsinn behaupten! Gut, dass ihre Schutzbefohlenen nicht alle Details von sich preisgeben mussten. Besonders ER, der überlebensgrosse Jüngling in der linken Ecke, hatte es nicht verdient, mit neugierigen Blicken und dreisten Fragen seziert zu werden. Für IHN, der täglich seine Hand begehrend nach ihr ausstreckte, hatte sie längst viel mehr als nur Bewunderung entwickelt. Im Stillen nannte sie ihn Adonis.

Eine Tafel an der Wand beschrieb ihn als «Statue der Kykladeninsel Andros, 4. Jh. v. Chr.» Nur wer sich die Mühe nahm, die Detailbeschreibung im Museumsarchiv zu studieren, erfuhr, dass es sich wohl um die Darstellung eines jungen Gottes handelte, geschaffen aus parischem Marmor «in grossartiger Ausgestaltung». Auf einem doppelten Sockel stehend, hatte er die rechte Hand wie zum Gruss erhoben. Der linke Arm war knapp unter dem Ellenbogen abgebrochen. Die Haare fielen wie Flammen rund um die Stirn, und auf seinen Lippen lag ein verheissungsvolles Lächeln. Es handle sich, so war in einer alten Beschreibung zu lesen, trotz einiger Unvollkommenhei-

ten um ein bemerkenswertes Werk. Denn der Körper habe durch die exakte Wiedergabe der Muskeln eine unglaubliche Plastizität erhalten.

Sie wusste, dass das nicht alles war. Von allem Anfang an hatte sie die Kraft gespürt, die in ihm wohnte. Dies war kein seelenloses steinernes Abbild, sondern die materialisierte Liebe schlechthin. Über die Jahrtausende hinweg hatte sich in diesem Marmor eine ungeheure Zahl von Informationen gespeichert, dessen war sie sicher: «Die Steine leben. Man muss ihre Botschaft nur entschlüsseln können.» Und wie sollte das anders möglich sein als über Gefühle? Doch das war nicht immer einfach. Manchmal empfing sie längere Zeit keinen einzigen Impuls. Dann wieder glaubte sie, eindeutige Zeichen zu erhalten. So wurde ihr eines Tages schlagartig klar, wie grausam es war, dass einer wie er, der jahrhundertelang auf das blaue griechische Meer geblickt hatte, nun nicht einmal mehr in den Himmel schauen konnte. Wenn man ihn nur ein bisschen nach links drehen würde, hätte er anstelle der alten Vasen das Fenster im Blick. Doch ihr Versuch scheiterte kläglich. Trotz kräftigem Ziehen und Stossen vermochte sie den Sockel keinen Zentimeter zu verschieben. Dafür begann die Statue selber gefährlich zu wanken. Scheinbar waren die Füsse nicht mehr fest genug im Sockel verankert. Oh Gott, was da hätte passieren können!

In den folgenden Monaten wies sie sowohl den Kurator als auch den Direktor mehrmals auf die unhaltbare Situation hin, natürlich ohne ihren Versuch zu erwähnen.

Ihre Bitte um eine rasche Reparatur, oder besser noch, eine Neukonzeption der ganzen Präsentation, die IHN ins Zentrum rücken würde, stiess jedoch auf taube Ohren. Die Stadt habe für so etwas kein Budget. Alle finanziellen Mittel seien in den Neubau des «Museums für Transzendentale Installationen» geflossen.

«Wozu denn Transzendentale Installationen!», dachte sie bitter. Das besagte Museum bestand aus lauter leeren Räumen. Aber gerade das, so wurde sie belehrt, sei das Geniale daran: Nur wo nichts sei, könne der Geist etwas entwickeln. Oder anders gesagt: Man müsse den Menschen Gelegenheiten bieten, sich ihrer eigenen Fantasie zu stellen.

Antonia verstand kein Wort. War das keine Fantasie, was sie praktisch jeden Tag erlebte, wenn sie in der Stille des Museums die Wellen der Ägäis rauschen hörte? Wenn sie den Rosmarin, den Basilikum und den Oleander in den Tälern von Andros roch? Wenn sie den köstlichen Geschmack gefüllter Tomaten auf der Zunge spürte? Und wenn ER ihr bedeutete, dass er ohne sie nicht sein könne? Diese Momente gehörten zu den Schönsten in ihrem Leben.

Als sie von den Sommerferien zurück kam, war indessen alles anders. Ihr Stuhl stand nicht mehr neben dem Fenster, sondern neben dem Eingang, sodass der Blick auf ihren Adonis durch die Vitrinen verbaut war. Dies aufgrund einer neuen Vorschrift, die auf einem Gutachten über Diebstahlprävention basierte. Sie realisierte deshalb erst nach geraumer Weile, dass sich bereits eine

Person direkt vor dem schönen Jüngling auf den Boden gesetzt hatte. Eine weibliche, junge und ziemlich attraktive noch dazu. «Fotografieren verboten!», rief sie gebieterisch. Da erhob sich die Person und verkündete mit strahlendem Lächeln: «Ich fotografiere nicht. Ich zeichne!» Antonia traf fast der Schlag. Was in Fleisch und Blut vor ihr stand, war eine Kopie der Frau auf dem berühmten Grabrelief. Wie eine Gesandte aus der Vergangenheit! Ein dumpfes Pochen kroch aus ihrem Bauch durch den ganzen Körper hinauf bis in die Schläfen und ihre Stimme wurde ungewöhnlich schrill: «Das geht nicht. Nehmen Sie sich sofort ein anderes Sujet!» Nun verzog die junge Frau den Mund zu einem spöttischen Lächeln. «Ich kann nicht aufhören, es geht um die Kreation der Grundstruktur für eine Transzendentale Installation im neuen Museum. Die Direktion hat mir die Erlaubnis dazu erteilt.» Und das traf tatsächlich zu, wie Antonias sofortige Nachfrage beim Direktionssekretariat ergab. Man habe einer vielversprechenden Nachwuchskünstlerin namens Nathalia eine Bewilligung für drei Monate erteilt. Sie, Antonia, solle sie bitte nicht behindern. Es gehe um ein neuartiges, geradezu visionäres Werk.

«Die Zeichnungen», erläuterte die junge Frau, «bilden die stoffliche Grundlage für eine dreidimensionale Figur, teilweise überlagert oder verbunden mit Fotos von Marilyn Monroe und Kate Moss, alles in tänzerisch-erotischer Bewegung, selbstverständlich.»

«Selbstverständlich», murmelte Antonia und sah vor ihrem geistigen Auge, wie ihr Liebster verhöhnt und seiner unbefleckten Anmut beraubt würde. «Das darf niemals geschehen», schwor sie sich. Doch Nathalia liess sich nicht umstimmen. ER und kein anderer musste es sein. Und so sass sie jeden Morgen drei Stunden vor dem Standbild, beäugte jeden Teil seines Körpers, sogar mit der Lupe, und nahm ihm mit ihrem rücksichtslosen Skizzieren jegliche Würde.

Dann, an einem Mittwoch im September, wollte es der Zufall, dass Antonia ganz allein auf dem 4. Stock Wache hielt, weil die alte Sofia von der benachbarten ägyptischen Sammlung mit einer schweren Erkältung im Bett lag. So waren die Exponate während ihres Toilettengangs für etwa fünf Minuten unbeaufsichtigt, was sich insofern verantworten liess, als Nathalia währenddessen am Zeichnen war und sich somit niemand unbemerkt an den Ausstellungsstücken vergreifen konnte.

Wer hätte denn ahnen können, dass sich genau in dieser Zeit etwas so Schreckliches ereignen würde? Als Antonia von der Toilette zurückkam, fiel sie sogleich in Ohnmacht. Ihr Geliebter lag in einer Blutlache auf dem Boden, über beide Beine zogen sich lange Risse, der Rest des linken Arms war zerschmettert, die rechte Hand lag abgetrennt neben dem Kopf, ein wirres Haarbüschel zwischen den Fingern. Und unter seinem Körper befand sich offenbar ein genauso lebloser zweiter. Es war derjenige von Nathalia.

Antonia war noch immer nicht völlig bei sich, als die Polizei eintraf. Offenbar hatte ein britisches Besucherpaar den Alarm ausgelöst. Auf die Frage, was passiert sei, konnte sie nur «Toilette» stammeln. Die Tränen rannen ihr in Strömen übers Gesicht. «Na, na», tröstete sie der Direktor. «Ein tragisches Unglück, zweifellos. Aber Sie trifft keine Schuld.» Der Fall sei doch klar: Die junge Frau habe in ihrem künstlerischen Taumel die Statue zu heftig angefasst, vielleicht sogar umarmt, und sei mit ihr zusammen zu Boden gestürzt. Sie habe ja nicht ahnen können, dass der Sockel beschädigt war – den man übrigens in den nächsten Tagen habe reparieren wollen. «Absolut einleuchtend», fanden die beiden Polizisten. «So muss es gewesen sein», bekräftigte der Sanitäter. «Traurig, aber ein gerechtes Schicksal», meinte der ebenfalls herbeigerufene Kurator. Antonia konnte trotzdem nicht aufhören zu weinen. «Die Statue, dieses fantastische Werk …» Der Direktor lächelte väterlich: «Machen Sie sich um die keine Sorgen, die flicken wir schnell wieder zusammen. Nehmen Sie Urlaub und fahren Sie an irgendeinen erholsamen Ort. Wenn Sie zurückkommen, steht sie in voller Schönheit wieder da.»

Antonia nickte. Es bestand wirklich kein Grund zum Heulen. Schliesslich war alles bestens gelaufen. Ein Stoss hatte genügt, um den Jüngling zu Fall zu bringen. Genau im richtigen Moment an die richtige Stelle. Gewiss hatte er selber es so gewollt. Voller Zärtlichkeit blickte sie auf seine abgebrochene Hand und flüsterte unhörbar «Danke». Ja, jetzt wollte sie Urlaub beziehen und nach Andros fahren.

Gefüllte Peperoni –
eine Erinnerung an Ferien auf Andros

Zutaten pro Portion

2	grüne Peperoni
2	gehäufte EL Langkornreis
2	ausgepresste Knoblauchzehen
1	kleine gehackte Zwiebel
2	Prisen Salz
2 dl	Olivenöl
4	mittelgrosse Kartoffeln
	Peterli, Thymian, Basilikum, Pfefferminzblätter
	Gemüsebrühe

Zubereitung

- Auf der Stilseite der Peperoni einen Deckel abschneiden, das Fruchtfleisch herausschälen und ohne Kerne zerkleinern.
- Den Boden einer feuerfesten Schüssel mit Olivenöl einfetten, die Peperoni nebeneinander hineinstellen.
- Reis, zerkleinertes Fruchtfleisch, gehackte Zwiebel, ausgepresste Knoblauchzehen, fein geschnittene Kräuter und Salz vermischen.
- Jede Peperoni bis 1 cm unterhalb des Randes mit der Reismischung füllen. Je 1 EL Olivenöl darüber geben und mit dem passenden Deckel verschliessen.
- Die Kartoffeln schälen, vierteln und zwischen die Peperoni legen. Schüssel mit Gemüsebrühe bis ca. 2 cm unter den Rand auffüllen. Im vorgeheizten Backofen bei 180 Grad dünsten, bis der Reis gar ist, was je nach Ofen 45 Minuten bis 1 1/2 Std. dauern kann. Zwischendurch mehrmals die Peperoni mit Gemüsebrühe übergiessen.

2

Die Präsentation

Im elften Stock des Metal Tower herrschte an diesem Morgen eine freudige Stimmung. «Wie haben wir das gemacht?», fragte Abteilungsleiter Zaniolli stolz. «Die Amerikaner haben ohne Wenn und Aber zugesagt, nicht einmal einen Rabatt haben sie verlangt. Das muss gefeiert werden! Frau Hussler, holen Sie den Champagner!» Die 14 Angestellten applaudierten bewundernd. Dieser Zaniolli war zwar manchmal ein richtiges Ekel, aber in seinem Metier einfach ein Teufelskerl, das musste man ihm lassen. Wie er jetzt so hinter seinem Pult stand, wohl 1,80 m gross und 120 kg schwer, die Fäuste in die Seiten gestemmt und ein breites Grinsen im Gesicht, war er die Verkörperung des Erfolgsmenschen schlechthin.

Silvia Hussler nickte und eilte in die Küche, froh, den Kühlschrank mit Fäusten traktieren zu können. «Diese Gemeinheit, schon wieder alles auf sich zu buchen!» Dabei war der ganze Deal von ihr allein ausgearbeitet worden. Als Juristin und Marketingfachfrau mit mehrjähriger Erfahrung im In- und Ausland war sie für solche Aufgaben bestens gerüstet. Das war ja schliesslich der Grund gewesen, weshalb die Firma sie vor gut einem Jahr eingestellt und den baldigen Aufstieg in die Geschäftsleitung versprochen hatte. Mit voller Konzentration und viel Elan hatte sie sich denn auch gewaltig ins Zeug gelegt, keine Ferien bezogen, oft das Wochenende für die Arbeit geopfert und mit fast allen Projekten Erfolge erzielt. Nur erfuhr dies niemand – ausser ihr direkter Vorgesetzter, Renato Zaniolli. Und dieser hütete sich wohlweislich, sie aus seinem Schatten treten zu lassen, geschweige denn, ihr den versprochenen Weg in die Geschäftsleitung zu öffnen. Als sie ihn nach dem ersten halben Jahr vorsichtig darauf ansprach, meinte er nur, die Zeit sei noch nicht reif. Ihr fehle für eine solche Position vor allem das richtige Auftreten. «Schauen Sie sich doch an!», hatte er kopfschüttelnd gerufen. «Eine Wirtschaftsführerin kommt nicht wie ein Schulmädchen in Karobluse und Ballerinas daher. Nehmen Sie sich ein Beispiel an Frau Malenhofer.» Direktionssekretärin Lea Malenhofer, vor Kurzem noch Archivgehilfin, war wirklich eine aufregende Erscheinung: Stilettos, kurzer Rock, tiefer Ausschnitt, makelloser Teint und Kussmund.

In ärgerlichen Situationen wie diesen kamen ihr immer die Ermahnungen ihrer Mutter in den Sinn: «Frauen müssen den Männern zu Diensten sein, nicht versuchen, sie zu konkurrenzieren. Spiel dich nicht als Besserwisserin auf, auch wenn du es eigentlich bist. Männer mögen intelligente Frauen bewundern, aber sie lieben sie nicht.»

«Hör auf, Mama», entgegnete sie dann, und manchmal schrie sie auch: «Wir leben im 21. Jahrhundert, in der Zeit der Gleichstellung! Deine Ära des gehorsam dienenden Liebchens ist vorbei! Auch vor dem Gesetz! Frauen haben die gleichen Rechte, die gleiche oder noch bessere Ausbildung, ihr eigenes Geld und Selbstbewusstsein.»

Die Mutter schüttelte nur den Kopf: «Stimmt, aber in den Köpfen hat sich nicht viel geändert. Übrigens nicht nur in den männlichen.»

«Ach, Mama! Müssen wir Frauen denn wirklich auf die alten Tricks zurückgreifen, um zu unserem Recht und Erfolg zu kommen?»

Silvia Hussler versuchte es zunächst mit 5 cm hohen Absätzen und einem dunkelblauen Hosenanzug und steigerte sich sukzessive auf immer grössere Dekolletés und immer hochhackigere Schuhe. Bei 10-cm-Absätzen und einem kniefreien Jupe bekundete er zusehendes Wohlwollen. Richtig gehen konnte sie damit nicht, doch das spielte offensichtlich keine Rolle. Wichtig war, bei Besprechungen dekorativ neben ihm zu sitzen. Und da sollte sie wohl auch bleiben. Ein längeres Gespräch über mögliche Aufstiegschancen brachte jedenfalls nichts. Und selbst die Unterredung mit dem CEO, die sie nach weiteren drei Monaten und zwei geglückten Vertragsabschlüssen verlangte, endete mit dem ernüchternden Ratschlag, sich doch lieber an Herrn Zaniolli zu wenden: «Der kann Ihre Arbeit am besten beurteilen! Ein hervorragender Mann! Von ihm können Sie viel lernen. Gerade jetzt, wo wir den genialen RM 10-100 international vermarkten wollen.»

Dieser RM 10-100 war in der Tat eine aufsehenerregende und gewinnversprechende Erfindung: Ein Ultra-

leichtmetall-Drehkopf für die Flugzeugindustrie, der es erlaubte, Flugzeugsitze der Economyclass mit wenigen Handgriffen derart zu minimieren, dass sich der sogenannte Ladefaktor um bis zu 30 Prozent erhöht. Mit anderen Worten: Mit diesem Hightech-Tool hätten es die Airlines buchstäblich im Griff, die Kapazität eines Flugzeugs je nach Bedarf kurzfristig zu optimieren, also beispielsweise in ein und demselben Flieger 160 Eco-Passagiere statt der ursprünglich vorgesehenen 120 zu befördern.

Es galt also, diese Innovation an den Mann beziehungsweise an die Chefs der Airlines und Flugzeughersteller in der ganzen Welt zu bringen. «Kein Problem», hatte Zaniolli dem CEO gesagt und Frau Hussler unverzüglich klar gemacht, dass es jetzt um ihre Ehre gehe. «Machen Sie sich sofort an die Arbeit und laden Sie alle infrage kommenden Käufer zu einer Präsentation ein – einer, die garantiert hinhaut natürlich; – sagen wir, in etwa sechs Wochen.» Silvia Hussler zuckte unmerklich zusammen. Sechs Wochen, um ein derartiges Projekt aufzugleisen? Aber sie nickte nur. Diesmal sollte jedermann sehen, was sie konnte.

Die Präsentation wurde auf den 25. September festgelegt: 12 Uhr Eintreffen der Gäste, 12.30 Uhr Apéro und Mittagessen (selbstverständlich Züri Gschnätzlets) im Panoramasaal auf der zwölften Etage, 15 Uhr Präsentation im angrenzenden grossen Vortragssaal (mit Kaffee, um alle wachzuhalten), 15.30 Uhr Diskussion, 16.30 Uhr Schluss und Verabschiedung.

Schon drei Wochen vorher gab Sekretärin Malenhofer bekannt, dass sich mehr als 30 Teilnehmer aus ganz Europa angemeldet hatten. Und eine Woche vor dem Anlass übergab Silvia Hussler Herrn Zaniolli das fertige Drehbuch: «Sie können gerne noch etwas korrigieren oder anfügen, ein Vorwort von Ihnen würde wahrscheinlich recht gut ankommen.» «Ein Vorwort?», grunzte Zaniolli. «Das können Sie doch übernehmen. Ich schmeisse ja die ganze Präsentation.» Frau Hussler schaute ihn entsetzt an. «Sie wollen meinen Vortrag halten. Im Ernst?!» Am liebsten hätte sie ihm den nächstbesten Ordner an den Kopf geworfen, doch sie nahm sich zusammen und verliess wortlos das Büro.

In den folgenden Tagen erwog sie eine ganze Reihe von Massnahmen, von sofortiger Kündigung bis heimlicher Vernichtung aller Präsentationsunterlagen. Dann kam ihr eine Idee.

Am 22. September überraschte sie Zaniolli mit dem Vorschlag, jedem Besucher einen dekorativen Briefbeschwerer in Form eines schön polierten Drehkopfs zu überreichen. «Mit dem eingravierten Logo unserer Firma, sozusagen als ständige Gedankenstütze. Sie verstehen?» Zaniolli rieb sich erfreut die Hände: «Nicht schlecht, diese Idee. Könnte von mir sein.»

Zum Glück wurden die Drehknöpfe in der firmeneigenen Fabrik am Stadtrand hergestellt, sodass die Zeit für die Anfertigung der Geschenke gerade noch reichte. Zaniolli liess es sich nicht nehmen, sie persönlich – begleitet von Frau Hussler – im Werk abzuholen.

Alles klappte wie am Schnürchen. Die angemeldeten 35 Gäste trafen pünktlich im Metal Tower ein, wurden von einem angesagten Cateringunternehmen erstklassig verpflegt und versammelten sich wie vorgesehen um drei Uhr im Vortragssaal, der dezent mit Blumen geschmückt worden war. Um 15.05 Uhr bahnte sich jedoch eine Katastrophe an. Als Zaniolli jedem Teilnehmer zur Begrüssung einen attraktiven Drehkopf überreichen wollte, musste er zu seinem Schrecken feststellen, dass drei Stück fehlten. Die von der Fabrik erhaltene Schachtel enthielt nur 32 statt 35 Stück.

«Als wir die Schachtel in Empfang nahmen, waren bestimmt 36 drin», flüsterte Frau Hussler. «Die anderen sind vermutlich unter die Autositze gekollert, als Sie vor dem Rotlicht so brüsk bremsten.» Zaniolli unterdrückte einen Fluch. «Dann müssen Sie eben sofort runter und sie holen!» Aber Silvia Hussler machte keine Anstalten, zu gehen. Kühl wies sie darauf hin, dass die Liftanlage von drei bis vier Uhr wegen plötzlich notwendigen Reparaturarbeiten abgestellt sei. Und sie könne unmöglich all die Treppen bezwingen. Mit diesen Schuhen und diesem Rock! «Aber für einen Mann wie Sie, Herr Zaniolli, ist das sicher eine Kleinigkeit. Ich halte die Besucher solange mit Smalltalk hin.»

Vier Minuten nachdem Zaniolli weggerannt war, begrüsste sie die Gäste in Deutsch, Französisch, Englisch und Spanisch und verteilte die Drehköpfe, zuerst die 32 aus der Schachtel, anschliessend die drei aus ihrer Handtasche. Den letzten entnahm sie ihrer Mappe und stellte ihn für jedermann gut sichtbar vor sich aufs Rednerpult.

Dann legte sie mit charmantem Lächeln los. Die Präsentation dauerte exakt 30 Minuten und war ein Feuerwerk an überraschenden Fakten, überzeugenden Argumenten, verblüffenden Animationen, schauspielerischen Akzenten und subtilen humoristischen Einlagen. Kein Wunder, löste sie frenetischen Beifall aus.

Der CEO stand auf und schüttelte ihr lange und heftig die Hand. «Fantastisch gemacht, Frau Hussler, Gratulation! Die Firma ist stolz auf Sie und freut sich, wenn Sie sich künftig dem Dossier ‹Internationale Kundenbeziehungen› federführend widmen. Herr Zaniolli ist bestimmt gleicher Meinung.» Zaniolli? Die Mitglieder der Geschäftsleitung blickten ein bisschen irritiert in die Runde.

Zaniollis Platz war leer.

Er hatte es leider beim Hinaufsteigen nur bis zum Treppenabsatz zwischen dem siebten und dem achten Stock geschafft. Als man ihn schliesslich dort fand, kam jede Hilfe zu spät.

Züri Gschnätzlets –
die berühmte Zürcher Spezialität nach Hausmacherart

Zutaten für 4 Personen

600 g	von Hand in dünne Scheiben geschnittenes Kalbfleisch, am besten vom Filet (wer Innereien liebt, nimmt je 300 g Kalbfleisch und 300 g Kalbsnieren)
200 g	Champignons, in feinen Scheiben
1	Zwiebel
1 dl	Weisswein
2 dl	Vollrahm
1 EL	gehackter Peterli
	Salz und Pfeffer nach Belieben
	Bratbutter nach Bedarf

Zubereitung

- Die lockeren Fleischscheiben in der heissen Bratbutter kurz anbraten. Achtung: herausnehmen und warm stellen, bevor das Fleisch Saft abgibt! In der übrig gebliebenen Bratbutter die gehackte Zwiebel anziehen lassen, mit Weisswein ablöschen, und wenn dieser nahezu eingekocht ist, den Rahm beifügen. Nun das Fleisch beigeben (ohne es nochmals aufzukochen!), schnell mit Salz und Pfeffer würzen und sofort anrichten. Zum Schluss mit Peterli garnieren.
- Traditionellerweise gibt es Rösti dazu.

3
Der Besuch

An diesem Morgen war die Welt wie frisch herausgeputzt. Die Berge schienen zum Greifen nah, der Wald leuchtete in Grün und Orangebraun, das Dach des Nachbarhauses glänzte wie pures Silber. Der Föhn hatte wieder einmal seine ganze Zauberkraft eingesetzt.

Rita eilte in den Garten, um die heruntergeschüttelten Äpfel aufzulesen und die prallsten Rosen zu einem Strauss zu binden. Der stürmische Wind hatte sich in ein warmes, weiches Lüftchen verwandelt, doch die scharfen Schatten zeigten unmissverständlich an, dass der Sommer vorbei war. Da und dort lagen bereits die Blätter am Boden; bald würde der ganze Rasen davon bedeckt sein, die Bäume und Sträucher würden nackt werden, hässlich, tot. Das alljährliche Sterben als Voraussetzung für ein neues Leben. So war es eben, so musste es sein, so war es gut. Denn nicht nur das Gute und Schöne, auch das Böse und Quälende ist vergänglich und manche Probleme lösen sich damit von selbst, nicht wahr? Zufrieden betrachtete Rita ihren Garten, der ihr täglich neue Weisheiten vermittelte. Ja, es stimmte, was die Bibel in Psalm 37/David verheisst: «Erhitze dich nicht über die Bösewichte und ereifere dich nicht über die Missetäter. Denn sie verwelken schnell wie das Gras, und wie das grüne Kraut verdorren sie.»

Rita hatte den Herbst immer geliebt, und heute liebte sie ihn ganz besonders. Der blitzblanke Morgen kam ihr vor wie eine Verheissung: Bald würde auch für sie ein neues Leben beginnen. Vielleicht fiel gerade heute eine massgebende Entscheidung. Denn in wenigen Stunden würde ihre Schwester hier eintreffen, zwölf Jahre seit Rita sie zum letzten Mal gesehen hatte. Mona, die jüngere der beiden, war in der Zwischenzeit von Party zu Party rund um die Welt gejettet und hatte Männer, Villen und Luxusautos verbraucht, während Rita im Elternhaus verblieb und nur hie und da für kurze Ferien verreiste. Sie war glücklich, ein unaufgeregtes Leben zu führen und nach dem Tod der Eltern das etwas baufällige Häuschen liebevoll einzurichten und zu pflegen. «Ein Bijou!», fanden die Leute im Dorf. «Ein gemütliches Nest», nannte es Ben. Mit viel Geschick und noch mehr Nägeln, Leim und Farbe gelang es ihr, sämtliche notwendigen Erneuerungen allein auszuführen. Auch die Vorhänge häkelte sie eigenhändig, die Teppiche wob sie höchstpersönlich, die bunten Zierkissen nähte sie sowieso selbst. Als Handarbeitslehrerin fiel ihr dies leicht. Und es machte ihr viel Freude, weil sie bei der Arbeit Musik hören und in Gedanken allerlei Zwiegespräche führen oder fiktive Briefe schreiben konnte. Gelegentlich ergaben sich daraus ungewollt irgendwelche Zu- oder Abneigungen, manchmal entstanden auch vielerlei Ideen. So hatte sie aus heiterem Himmel den Drang verspürt, ihre jüngere Schwester für ein paar Tage einzuladen. Mona, die Schöne, Begabte, von jedermann Bewunderte, die eigentlich Monika hiess, was jedoch bald nicht mehr zu ihrem extravaganten Lifestyle gepasst hatte. Rita war stets das Mauerblümchen gewesen, das sich hatte herumdirigieren lassen. Jetzt endlich fühlte sie sich stark und frei genug, um ihrer Schwester sozusagen auf Augenhöhe zu begegnen und ihre eigenen Wünsche zu verwirklichen.

Die Stunden vor Monas Ankunft verbrachte sie damit, das Haus von oben bis unten zu inspizieren. Mona sollte nichts auszusetzen haben. Glänzten die Böden auch wirklich? Lag kein Staub auf den Nippsachen? Dufteten die Bettlaken angenehm frisch? Hatte sie das Dachfenster geschlossen? Bestand keine Gefahr, im Badezimmer auszurutschen? War die kürzlich reparierte Wendeltreppe in tadellosem Zustand?

Anschliessend machte sie sich an die Zubereitung einer traditionellen englischen Fleischpastete, wie sie Mona früher immer geschmeckt hatte. Während sie Hackfleisch, Eier, geraffelte Kartoffeln, gehackte Zwiebeln, fein geschnittenen Peterli und Schnittlauch sorgfältig miteinander vermischte und mit Salz, Pfeffer und Paprika würzte, kreisten ihre Gedanken um allerlei Erlebnisse aus der Kindheit. Sie sah eine blondgelockte Mona, engelsgleich im weissen Spitzenkleid, unter dem Weihnachtsbaum sitzen und Ritas neuer Puppe alle Haare abscheren. Sie fühlte noch einmal die fürchterliche Scham von damals am Konzert der Musikschule, als sie aus ihrer Blockflöte nichts als Pfeiftöne herausbrachte, während Mona fehlerfrei «Alle meine Entlein spielte». Und schliesslich hörte sie Monas lautes Siegeslachen, als Ben mit ihr in die Disco ging, weil sie, Rita, plötzlich krank geworden war. Warum eigentlich, so fragte sie sich, hatte sich das schwesterliche Rollenverhalten mehr und mehr zu ihren Ungunsten eingependelt? Vielleicht hätte sie von Anfang an mutiger sein sollen? «Hör auf zu grübeln», sagte sie sich. Über «hätte» und «wäre» zu sinnieren, war jetzt müssig. Nun ging es vielmehr um einen Neuanfang, auf welche Art auch immer. Eine entsprechende Strategie hatte sie sich schon seit Längerem zurechtgelegt.

Energisch knetete sie die Fleischmischung mehrere Minuten lang durch und packte sie mit Schwung in den ausgewallten Blätterteig, sodass ein längliches Paket entstand, das sie mit einem M und einem R aus Teigresten verzierte. Zum Schluss bepinselte sie ihr Werk mit Eigelb und stellte den Backofen auf «Vorheizen». Inzwischen war es bereits halb sechs Uhr abends geworden. Eilig rüstete sie den als Beilage vorgesehenen Brokkoli und die Rüebli und belegte zwölf Apéro-Brötchen abwechslungsweise mit Käse und Lachs.

Sie hätte sich nicht beeilen müssen. Mona hatte wie üblich eine Stunde Verspätung, für die sie sich – ebenfalls wie üblich – nicht zu entschuldigen gedachte. Sie war schlank wie immer, trug ein sicherlich furchtbar teures Kleid und reichlich Schminke. Die prallen Wangen glichen allerdings ein bisschen dem aufgehenden Mond,

was möglicherweise mit irgendwelchen kosmetischen Massnahmen zu tun hatte. «Schön, dass du da bist», sagte Rita, «gut siehst du aus!» Und Mona antwortete überraschenderweise mit: «Du auch!»

So nahm der Abend einen durchaus erfreulichen Anfang. Und auch das Abendessen verlief sehr harmonisch. Der Zeitpunkt für ein entscheidendes Gespräch schien also günstig. Rita brachte ihr Anliegen deshalb gleich beim Dessert zur Sprache: Mona solle bitte ihren Anteil am Häuschen abtreten, gegen gutes Geld natürlich, damit sie, Rita, frei sei, bei Bedarf nötige Umbauten oder Renovationen ohne Rücksprache durchführen zu können, zum Beispiel im Hinblick auf eine künftige Familiengründung oder so. Eine Schätzung der Bank liege vor; Geld habe sie genug gespart. Mona sei ja nie an einer derart kleinbürgerlichen Liegenschaft in einer langweiligen Vorortsgemeinde interessiert gewesen. Hingegen käme ihr vielleicht ein bisschen Bares durchaus gelegen …

Mona starrte ihre Schwester fassungslos an. «Bist du verrückt geworden? Heiraten? Wo willst denn du einen Mann aufgabeln?» Ihre Stimme wurde laut und lauter: «Ich brauche überhaupt kein Geld, bin soeben sehr gut geschieden. Was ich benötige, ist eine Herausforderung. Und die liegt exakt hier. Für dieses Haus beginnt nun eine neue Ära. Umbauen, ja. Und zwar gemeinsam! All dieser Plunder muss weg. Wir werden ein todschickes B&B daraus machen. Die Pläne habe ich bereits im Kopf.»

Nun war auch Rita fassungslos. Eine derartige Reaktion hatte sie nicht erwartet. Sie spürte, wie sie im Handumdrehen wieder zum hilflosen Mauerblümchen wurde, geknickt und zertreten von ihrer Schwester, wie damals in der Jugend. Die im Voraus für allfällige Diskussionen zurechtgelegten Sätze wollten ihr partout nicht mehr einfallen. Vor ihrem inneren Auge war nichts als ein schwarzes Loch.

«Reden wir morgen weiter», war alles, was sie hervorbrachte.

In dieser Nacht geschahen indessen seltsame Dinge, die man wohl dem Zufall zuschreiben muss. Etwa eine Stunde, nachdem die Schwestern zu Bett gegangen waren, jede in ihrem früheren Mädchenzimmer im ersten Stock, fiel der Strom aus. Die Lichter im ganzen Haus verlöschten, der Kühlschrank verstummte, die Wanduhr hörte auf zu ticken. Überall herrschte Dunkelheit und Stille. Doch das war eigentlich kein Problem, weil keine der Frauen etwas bemerkte.

Die Schwestern schliefen den Schlaf der mehr oder weniger Gerechten. Mona träumte von damals, als sie mit Ben in genau diesem Bett lag, nachdem Rita, mit der er eigentlich verabredet gewesen war, vom Genuss irgendeiner Eierspeise krank geworden war. Sie war noch immer in diesem Traum befangen, als sie um zwei Uhr morgens vom Bellen des Nachbarhundes geweckt wurde. «Ben, dieser Esel! Wie hatte er ernsthaft glauben können, dass sie seinetwegen in diesem Kaff bleiben würde? Und Rita, dieses Dummchen, warum hatte sie jahrelang diesem mittellosen Kerl nachgetrauert?» Sie drehte sich zum Nachttisch und suchte im Dunkeln die bereitgestellte Wasserflasche, um wie jede Nacht ein paar Schlucke zu trinken. Aus unerfindlichen Gründen aber war keine Flasche da. Und die Nachttischlampe funktionierte auch nicht. «Mist», murmelte sie und stand auf, «jetzt muss ich tatsächlich in die Küche hinunter.» Leider war das Dachfenster entgegen früheren Gewohnheiten mit einem Laden geschlossen, sodass kein Mondschein auf die Treppe fiel. Doch das machte Mona nichts aus. Sie kannte jeden Winkel in diesem Haus. Schliesslich hatte sie 19 Jahre lang darin gewohnt. Sie wäre imstande gewesen, mit verbundenen Augen vom Schlafzimmer in die Küche hinunterzusteigen.

Rita hatte derweil einen so wilden Traum wie schon lange nicht mehr. Sie fühlte sich von einem Ungeheuer verfolgt, das mit einem unheimlichen Krachen die Wand ihres Zimmers durchbrach und sich mit einem gellenden Schrei auf sie warf. Sie erwachte schweissgebadet, riss die Ohrstöpsel heraus und horchte gebannt. Nichts! Alles war ruhig. Sie versuchte, langsam und regelmässig zu atmen und an etwas Schönes zu denken: An ihren blühenden Garten im vergangenen Mai, als Ben zufälligerweise vor ihrem Haus eine Reifenpanne hatte. An die darauffolgenden Abende, als Ben jeweils bei ihr zu Abend ass – und zwar keineswegs zufällig – und an die folgenden Tage und Wochen, in denen der Garten und überhaupt die ganze Welt immer schöner wurden.

Sie stopfte sich die Wattepfropfen erneut in die Ohren, sprühte etwas Lavendelduft aufs Kissen und schlief prompt wieder ein.

Als sie erwachte, war es bereits kurz nach acht Uhr. Sie entfernte die Ohrstöpsel und blieb noch eine Weile lauschend liegen. Das Einzige, was sie hörte, war das Bellen des Nachbarhundes und in der Ferne das Brummen eines Flugzeugs, das auf dem internationalen Airport zur Landung ansetzte. Dann heulte unvermittelt ein Motor auf. Natürlich: Der Nachbarssohn startete seine Harley-Davidson für eine Tour über die Alpenpässe! Ein untrügliches Zeichen für einen schönen Sonntag.

Rita band die Haare im Nacken zusammen, zog den Trainingsanzug an, wie sie es immer an Sonntagen tat, und ging ins Erdgeschoss hinunter, vorsichtig Schritt für Schritt, um ja nicht in das auf der Treppe klaffende Loch zu treten und Monas Körper zu berühren, der seltsam verkrümmt auf den untersten Stufen lag. Dann schraubte sie die Sicherungen wieder ein, öffnete das Dachfenster, setzte die Kaffeemaschine in Gang und rief die Polizei.

Glücklicherweise dauerte die Befragung nicht sehr lange. Der Fall schien ziemlich klar. Die zweitoberste Treppenstufe war offenbar bloss mit Schnellkleber befestigt worden und brach beim Betreten ein, sodass Mona das Gleichgewicht verlor und sich beim unvermeidbaren Sturz das Genick brach. Der Tod musste kurz nach zwei Uhr morgens eingetreten sein.

Rita war verständlicherweise mit den Nerven am Ende. Sie zitterte am ganzen Leibe und konnte nur mit leiser Stimme Auskunft geben.

Ja, die Schwester sei erst gestern angekommen, wollte aber für längere Zeit bleiben.

Nein, sie habe nichts gehört. Sie benutze immer Ohrstöpsel. Wegen des Nachbarhundes.

Ja, sie habe Mona gesagt, dass die Treppenstufe vorerst nur provisorisch zusammengeleimt sei.

Ja, sie hätten an diesem Abend recht viel Wein getrunken, um ihr Wiedersehen gebührend zu feiern.

Nein, es habe keinen Streit gegeben. Im Gegenteil: Sie hätten gemeinsam Pläne geschmiedet für einen Umbau des Hauses in ein todschickes B&B. Aus diesem Grund habe sie letzte Woche die Bank um eine Schätzung der Liegenschaft gebeten.

Fünf Stunden, nachdem die Polizei abgezogen und die Leiche ins gerichtsmedizinische Institut überführt worden war, hörte Rita auf zu zittern. Fünf Tage nach dem grässlichen Unfall beauftragte sie einen Fachmann, die Treppe zu reparieren. Fünf Wochen nach Monas Beerdigung zog Ben bei Rita ein. Fünf Monate später wurde geheiratet. Und nach weiteren fünf Monaten kamen Zwillinge zur Welt.

Englische Pastete –

wie einst bei Freunden in Essex

Zutaten für 4–5 Personen

1	ausgewallter viereckiger Blätterteig von ca. 320–350 g
500 g	gehacktes Rindfleisch
250 g	mehlige Kartoffeln, in kleine Stücke gehackt
3	mittlere Zwiebeln, gehackt
3	grosse oder 4 kleine Eier
	Eine Handvoll gehackte Kräuter nach Saison, vorzugsweise Peterli, Bohnenkraut, Oregano und Thymian
	Salz, Paprika und Pfeffer nach Belieben

Zubereitung

- Hackfleisch, Kartoffeln, Zwiebeln, Kräuter miteinander mischen und gut mit Salz, Paprika und Pfeffer würzen (mit dem Backen nimmt die Intensität des Geschmacks etwas ab). Die Eier unterrühren, wobei ein halbes Eigelb für das Bestreichen der Pastete aufgespart wird.

- Die Fleischmasse auf den Teig legen, die Längsseite des Teigs beidseitig überschlagen, die obere Seite leicht befeuchten, damit sie auf der unteren klebt. Die Schmalseiten ebenfalls leicht befeuchten und ca. 1 ½ cm einschlagen. Die Oberseite der fertigen Pastete mehrmals mit einer Gabel einstechen und dekorieren, zum Beispiel in der Mitte mit einem Förmchen einen Stern oder ein Herz markieren, ohne dass sich dieses ganz löst. Anschliessend die ganze Oberseite der Pastete mit dem Eigelb bestreichen.

- In der Mitte des vorgeheizten Ofens bei 200 Grad ca. 40 Minuten backen.

4
Das Forschungsprojekt

Als Annette 42 war, hatte sie alles, was sich Frauen in der Regel erträumen: Einen Gatten mit äussert erfolgreicher und lukrativer Karriere und zwei begabte Kinder, die den Sprung ins Gymnasium ohne Nachhilfeunterricht schafften. Darüber hinaus eine Villa am Stadtrand, eine Ferienwohnung in den Alpen, den grössten SUV im Quartier, den teuersten Diamantring im Freundinnenkreis, eine Perle von Putzfrau, die ihr langweilige und mühselige Hausarbeiten ersparte, und last but not least genügend Zeit und Geld, um sich den schönen Seiten des Lebens, wie Wellness, Golf und Shopping, zu widmen. Ihr Mann mischte sich nicht in ihren Tagesablauf ein; er hatte genug mit seinen vielfältigen Aufgaben als Mediziner, Wissenschaftler, Investor und Privatdozent zu tun. Zwei bis drei Tage pro Woche verbrachte er im Ausland, vorwiegend im deutschen Rheinland, wo er ein vielversprechendes Forschungsprojekt leitete. Was das genau war, wusste sie nicht. Er hatte nur etwas von «Faszien» gesagt. Auf alle Fälle musste es sich um eine sehr stressige Arbeit handeln. An den Wochenenden war er entsprechend müde und hatte keine Lust auf Diskussionen. Leider auch nicht auf andere

Betätigungen. Aber sie brachte dafür natürlich Verständnis auf.

Bis sie eines Tages eine Entdeckung machte.

Als sie den Anzug ihres Mannes bei der Kleiderreinigungsfirma abholte, überreichte ihr die dortige Angestellte einen Zettel, den sie im Jackett gefunden hatte. Es war eine Kreditkartenquittung über 2353 €, ausgestellt von einem gewissen «Club Aphrodite» im Elsass. Zunächst konnte sie sich keinen Reim darauf machen. Wieso Elsass? Er fuhr doch nie nach Frankreich, sondern nach Deutschland. Hatte er etwa mit Geschäftsfreunden einen Dinner-Ausflug unternommen? So schätzungsweise 90 km weit? Und was war das überhaupt für ein Club? Ein furchtbarer Verdacht stieg in ihr hoch. Doch sie beruhigte sich rasch: Bestimmt gehörte die Quittung gar nicht ihm, sondern einem Bekannten! Er hatte sie vielleicht eingesteckt, um die Spesen von den Steuern abzuziehen. Oder die Angestellte in der Reinigung hatte sie dem falschen Anzug zugeordnet. Das liess sich ja anhand der Kreditkartenabrechnung rasch feststellen. Und richtig: Eine Belastung über 2353 € war in den letzten Monaten nirgends verzeichnet. «Ich blöde Kuh», tadelte sie sich selber. Und kochte ihrem Mann abends als geheime Entschuldigung sein Leibgericht, Coq au Vin.

Dennoch: In den folgenden Tagen liess ihr die Sache keine Ruhe. Der Stachel des Misstrauens hatte sich tief in ihr eingegraben. Zumindest wollte sie Klarheit über die Art dieses Clubs, was dank Google viel leichter war als erwartet. Nach nur drei Mausklicks fand sie das betreffende Etablissement. Und schon die erste Zeile der Homepage liess sie erröten. Was sie las, bestätigte ihre schlimmsten Befürchtungen. «Diese Schweine!» Jetzt kam es nur noch darauf an, ob ihr Mann selber dort gewesen war. Und wenn ja, wie oft? War am Ende das ganze Forschungsprojekt bloss ein Vorwand für Seitensprünge der übelsten Art? War dies der wahre Grund für den süsslichen Duft, der seiner Kleidung anhaftete, wenn er von der Reise zurückkehrte? Vor längerer Zeit hatte sie ihn einmal darauf angesprochen. Daraufhin hatte er erklärt, das sei der typische Geruch des Labors, hervorgerufen durch die verwendeten Lösungsmittel.

«Lösungsmittel!», dachte sie bitter. «Klar, dass da einiges gelöst wurde. Aber die Chemie war offensichtlich im rein zwischenmenschlichen Bereich zu suchen.» Impulsiv griff sie zum Handy, um ihn zur Rede zu stellen. Doch ein aufblinkendes Rotlicht in ihrem Hinterkopf liess sie vorerst auf den Anruf verzichten. Zuerst wollte sie ganz sicher gehen, dass sie sich nicht irrte. Am nächsten Nachmittag beruhigte sie sich zunächst mit zwei grossen Gläsern Scotch, dann wählte sie seine Nummer. Beim ersten Versuch nahm er nicht ab. Beim zweiten auch nicht. Beim dritten meldete er sich endlich mit heiserer Stimme: «Was ist los, warum rufst du mich an?» «Ach Schatz», flötete sie. «Ich möchte dich nur daran erinnern, bei der Heimfahrt in der Apotheke an der Grenze die Enzymtabletten für deine Mutter zu besorgen. Sie braucht sie dringend.» Er murmelte etwas von «Gut, mach ich». Dann hörte sie ein lautes Atmen, ein leises Kichern und sanfte Hintergrundmusik. «Wo bist du, was ist das für eine Musik?», fragte sie. Es dauerte eine Weile, bis er antwortete: «Wo soll ich wohl sein? Im Labor natürlich. Die Musik lassen wir immer laufen, um den Teamgeist zu fördern.» Und diese letzte Bemerkung stimmte ja auch irgendwie.

Nachdem sie aufgelegt hatte, benötigte sie unbedingt einen weiteren Scotch. Und dann noch einen. Als die Kinder aus der Schule kamen, lag sie mit einem grossen Tuch um den Kopf im Bett und flüsterte nur: «Migräne.»

In dieser Nacht konnte sie natürlich nicht schlafen. Ihr ganzes Eheleben flog in wirren Bildern durch ihr Gehirn, von der Zeit der ersten drängenden Liebe bis zum heutigen Glamourstatus. Mit ihrer Lockenmähne und dem kecken Auftreten war sie schon während der Schulzeit auf allen Partys umschwärmt. Auch auf jenen der oberen Zehntausend, wo niemand ahnte, dass sie eigentlich nicht vom Zürichberg, sondern aus einfachen Verhältnissen in Wiedikon stammte. Eine Ausbildung zur Wohndesignerin liess sie sausen, nachdem sie von einer Modelagentur entdeckt worden und mit Angeboten für Werbeaufnahmen überhäuft worden war. Ein solches Sprungbrett ins Leben der Schönen und Reichen liess sie sich nicht entgehen. Das Einzige, was ihr zur Erfüllung ihrer Träume fehlte, war der passende Mann. Und siehe da, schon kam er: Aus gutem Hause (altes Zürcher Geschlecht), mit hervorragender Ausbildung (Freies Gymnasium, Medizinstudium), gesellschaftlich perfekter Stellung (Studentenverbindung, Zunft, Rotary Club), kulturellem Engagement (Theater- und Konzertförderung) und erst noch mit einem sehr vermögenden Background. Vom ersten Moment ihrer ersten Begegnung an liebte sie ihn. Ja, wirklich, liebte sie ihn – zumindest in den ersten Jahren. Obwohl er nicht besonders attraktiv war. Ein bisschen grösser als sie hätte er schon sein dürfen, ein bisschen sportlicher ebenfalls. Aber er hatte Humor. Und er war sehr galant, was heutzutage bei Männern nicht häufig zu finden ist. Er öffnete ihr die Autotüren, er half ihr in den Mantel und er schenkte ihr zu jedem Geburtstag ein atemberaubendes Schmuckstück, mit dem sie in der Gesellschaft brillieren konnte. Gelegenheit dazu gab es viele, vom Pferderennen bis zum Opernball.

Wo immer sie auftraten, zogen sie die Aufmerksamkeit auf sich: Annette und Ralph – das Traumpaar. Deshalb war sie bis dahin überzeugt gewesen, aufs richtige Pferd gesetzt zu haben. Nun kamen ihr jedoch Zweifel. Immer hatte sie ihre Zeit und Interessen voll für das Wohlergehen ihres Gatten geopfert, hatte ihn mit all ihren Fähigkeiten, von exzellenten Kochkünsten bis zu gesellschaftlichen Schachzügen, unterstützt und ihm den Rücken für Wichtigeres, Grösseres freigehalten, das da war Geld, Macht und Ansehen – in dieser oder umgekehrter Reihenfolge.

Statt sich selber einen Namen als Innenarchitektin oder Schauspielerin zu machen, begnügte sie sich mit der Rolle eines Vorzeigestücks, strahlend lächelnd, charmant parlierend, perfekt frisiert, topmodisch gekleidet. Damit

hatte sie sich sowohl die materiellen Güter als auch das soziale Prestige mehr als verdient, oder nicht? Ewige Treue und Dankbarkeit wären also das Mindeste gewesen, was sie hätte erwarten dürfen. Und jetzt das! Nicht nur ihr Selbstwertgefühl, nein ihr ganzes, sorgfältig aufgebautes Lebensgebilde war zerstört. Eine gewaltige Wut stieg in ihr hoch. Das sollte er büssen! Ein Skandal oder gar eine Trennung kam allerdings nicht infrage. Das hätte ihre Situation ja nur noch verschlimmert. Sich scheiden lassen und einen Job als Hilfskraft in einem Büro suchen? Klamotten von H&M tragen? Das Nobelrestaurant nur noch von aussen betrachten? Ferien im Dreisternehotel verbringen? Womöglich in eine Mietwohnung ziehen. Und diese erst noch selber putzen? Sie hörte bereits das schadenfrohe Lachen ihrer Verwandten, Bekannten und Freunde. Anstatt sich wie bisher in wohltuendem Neid zu räkeln, würde sie Häme, womöglich sogar Mitleid schlucken müssen.

Je mehr sie grübelte und haderte, desto unsicherer wurde sie bezüglich des weiteren Vorgehens. Noch wusste ja niemand von dem Desaster. Nicht einmal er selber ahnte, dass sie hinter sein Treiben gekommen war.

Um sieben Uhr morgens war ihr Entschluss gefasst.

Zehn Tage später, als er offensichtlich erschöpft von der Reise nach Hause zurückkehrte, tischte sie ihm wiederum sein Leibgericht auf. Diesmal verwendete sie einen speziell schweren Rotwein und die dreifache Quantität Cognac. Und zum Dessert servierte sie eine Rum-Crème, die es im wörtlichen Sinne in sich hatte. Nach dem Essen zog sie ihn sanft ins Schlafzimmer, das sie mit einem aphrodisierenden Duft besprayt hatte.

Er stutzte zunächst, zögerte, setzte sich irritiert aufs Bett. «Ich bin wirklich müde, Annette», seufzte er. «Die Arbeit dort in Deutschland nimmt mich ziemlich her.» «Klar doch», dachte sie und begann ihn wild zu küssen: «Gerade deshalb, mein Liebster, hast du es verdient, verwöhnt zu werden.» Es dauerte eine Weile, dann erholten sich seine Lebensgeister und er machte willig mit, ja, er kam mehr und mehr ins Feuer. Schliesslich riss er sogar die Initiative an sich. Wieder und wieder legte er sich ins Zeug. Und sie feuerte ihn nach Kräften an: «Mehr, mehr, mein starker Bär, mein wilder Löwe, so ists gut!» Dabei stellte sie erstaunt fest, dass die beiden unters Dessert gemischten Pillen viel stärker und schneller wirkten als erwartet. Oder war vielleicht das Gewürz dran schuld, das sie letztes Jahr auf einem Markt in Hongkong gekauft hatte?

Nachdem er schliesslich röchelnd zusammengebrochen war, blieb sie mehrere Minuten regungslos liegen. Erst als sie ganz sicher war, dass er nicht mehr atmete, wand sie sich unter ihm hervor. Er sah aus wie ein Haufen zufällig hingeworfenes Fleisch. Ihr fielen Details auf, die sie noch nie wahrgenommen hatte: Das Doppelkinn zum Beispiel. Oder die beginnende Glatze und die Wülste an den Hüften. Nein, das war kein schöner Mann. Das war überhaupt nicht der Mann, den sie gekannt und geliebt hatte. Der Groll war mit einem Mal weg. Alles, was sie im Moment fühlte, war ein bisschen Bedauern mit dieser fremden Kreatur.

Ohne Eile zog sie den seidenen Morgenmantel über, dann ging sie ins Bad, legte kräftig Puder und Wimperntusche auf und spritzte sich anschliessend Wasser in die Augen, sodass schwarze Bächlein über ihre Wangen liefen. Dann wählte sie die Notfallnummer. «Diese verdammten Potenzmittel», brummte der Notarzt. «Aber ein schöner Tod.»

Coq au Vin –

eine vereinfachte Version des französischen Klassikers

Zutaten für 2 Personen

4	Pouletschenkel
1/2 EL	Mehl
1/2 EL	Paprika
	Salz und schwarzer Pfeffer nach Belieben
	Bratbutter zum Anbraten

1 dl	Cognac
4 dl	kräftiger Rotwein
1 dl	Hühnerbrühe
100 g	Bratspeck in Streifen
100 g	Champignons, geputzt und geviertelt
4	Rüebli, in Stäbchen geschnitten
1	grosse rote Peperoni in 3–4 cm grossen Quadraten
1	mittlere Zwiebel, grob gehackt
2	Knoblauchzehen, ausgepresst
1	Lorbeerblatt
1	Zweiglein Rosmarin
2 EL	gehackter Peterli

Zubereitung

- Pouletschenkel von der Haut befreien (die separat gebraten wird), in einer Mischung aus Mehl, Salz, Pfeffer und Paprika wenden und in Bratbutter rundum gut anbraten.
- Cognac beigeben und kurz flambieren, danach das Fleisch beiseitestellen.
- In der gleichen Pfanne zuerst den Speck anbraten, dann Zwiebeln, Knoblauch, Rüebli, Peperoni und Champignons kurz mitbraten.
- Nun den Wein dazugeben und auf die Hälfte einkochen. Anschliessend mit der Hühnerbrühe, dem Rosmarin, dem Thymian und dem Lorbeerblatt wieder aufkochen, die Pouletschenkel beifügen und alles zusammen bei kleiner Hitze ca. 50 Minuten köcheln oder im Dampfgarer bei 100 Grad 25 Minuten garen, sodass das Fleisch ganz weich wird. Vor dem Servieren das Gericht mit Peterli bestreuen.

Tipp: Die knusprig gebratene Poulethaut in Streifchen reissen und in einem separaten Schälchen zum Gericht servieren.

5
Der Geburtstag

Genauso hatte Heidi Indermatten es sich vorgestellt: Eines Tages würde sie mit einer schwarzen Limousine vom Bahnhof abgeholt und direkt vor das Portal des Grandhotels gefahren werden. Ein livrierter Portier würde die Wagentüre aufreissen, sich vor ihr verbeugen und ihr den Arm zum Aussteigen reichen. Dann würde sie gemessenen Schrittes zur Rezeption schreiten, vielleicht vor der gläsernen Eingangstür noch kurz den Schaulustigen zulächeln, die wie immer von der Strasse aus die ankommenden Gäste bestaunten. Und nun war ihr Traum tatsächlich Wirklichkeit! Sage und schreibe drei Nächte würden sie und ihr Mann hier verbringen. Und zwar in einer jener Turmsuiten, zu denen sie von ihrem Zimmer in der gegenüberliegenden Pension «Frohsinn» sehnsüchtig hinaufgeblickt hatte, wenn sie jeweils mit ihren Eltern dort in den Ferien war. Jeden Abend hatte sie vor dem Schlafengehen die Lichter des Grandhotels gezählt und sich geschworen, dort einmal abzusteigen.

Sie hatte sich freilich fast 40 Jahre gedulden müssen. Denn ein Aufenthalt in diesem Nobelhotel lag finanziell einfach nicht drin. Und selbst wenn sie das Geld dazu gehabt hätte, wäre es ihr verschwenderisch, ja unseriös, vorgekommen, für ein kurzes Vergnügen so viel auszugeben. Jetzt aber hatte das Schicksal entschieden: Das «Grand», wie es von Habitués locker genannt wurde, legte zu seinem 50-jährigen Jubiläum ein attraktives Sonderangebot auf: Wer ebenfalls in diesem Jahr den 50. Geburtstag feierte, erhielt 50 Prozent Rabatt. Und ihre Kinder, Thomas und Tina, hatten die Gelegenheit ergriffen, ihr zum runden Geburtstag einen Aufenthalt für zwei Personen in einer dieser wunderbaren Turmsuiten zu schenken. Sie hatte sich gewehrt: «Aber nein, das ist doch nur für die Schönen und Reichen!» Aber die Kinder hatten bloss gelacht: «Schön bist du ohnehin. Nun spielst du eben auch einmal die Reiche.»

Nun ja, ein bisschen Mut brauchte es schon dazu. Vier Wochen vorher hatte sie bereits mit den Vorbereitungen begonnen. Welche Garderobe würde nötig sein? Sollte sie die Perlenkette ihrer Mutter tragen? Würden die Leute gleich merken, dass ihre goldene Uhr bloss eine Imitation war? Musste sie vorher noch den Coiffeur aufsuchen und sich eine etwas pfiffigere Frisur machen lassen? Und wie stand es mit ihrem Mann? Sah Hanspeter im blauen Blazer oder im dunklen Anzug besser aus? Brauchte er ein neues weisses Hemd? Und elegante Schuhe fürs Gala-Diner? Die Hosen mussten natürlich noch ausgelassen werden.

Heidi bemühte sich beim Eintreten um jenen stolzen Gang, den sie bei den Fernsehauftritten berühmter Schauspielerinnen und Mannequins beobachtet hatte.

Allerdings schien dies niemandem Eindruck zu machen. Die Dame an der Rezeption hob lediglich eine Augenbraue: «Herr und Frau Indermatten? Hoffentlich hatten Sie eine gute Anreise. Trinken Sie gerne einen Kaffee oder ein Mineralwasser, bis das Zimmer bereit ist? Sie können es sich in der Halle bequem machen.» Heidi und Hanspeter versanken in den weichen Polstern eines dunkelroten Sofas und nippten an den Espresso-Tässchen. In solchen Häusern gab es doch jeweils Champagner zum Willkomm, oder nicht? So jedenfalls hatten sie es im Film gesehen. Doch egal. Das Ambiente hätte eindrücklicher nicht sein können. Marmorsäulen, Glasvitrinen, riesige Gemälde, üppig verzierte Holzdecken und -türen, antike Möbel und dicke Perserteppiche vermittelten ein veritables Schlossambiente. Dunkel gekleidete Angestellte schwebten mit Menükarten, Aktenmäppchen und Tabletts hin und her. Und die Zeit verging. Und verging. Nach etwa Dreiviertelstunden getraute sich Hanspeter, eine der Vorbeieilenden zu fragen, wann denn das Zimmer bereit sei. «Nur noch einen Augenblick!», wurde ihm beschieden. Endlich, nach einer weiteren halben Stunde, war es so weit. Mit zuckersüssem Lächeln überreichte die Rezeptionistin ihnen den Zimmerschlüssel. «Voilà, Sie erhalten ein herrliches Superior-Zimmer im ersten Stock.» «Ein Superior-Zimmer im ersten Stock?», stammelte Heidi ungläubig. «Unsere Kinder haben doch eine Turmsuite für uns reserviert.»

Die Dame räusperte sich ein bisschen verlegen: «Die Turmsuiten sind leider ausgebucht. Eine Incentive-Gruppe

aus Übersee hat kurzfristig alles belegt. Alles hochkarätige Manager mit ihren Partnerinnen. Tut uns sehr leid. Sie haben ja das Sonderangebot genutzt. Und das ist nur bei ausreichenden Kapazitäten erhältlich. Sie können die Konditionen gerne in unserem Prospekt nachlesen.» Kleinlaut folgten die Indermattens dem Gepäckträger in den ersten Stock. Das Zimmer war gar nicht so übel, einmal abgesehen von den braunen Kacheln im Bad und dem Ausblick auf die Fassaden der Nachbarhäuser. «Mach nicht ein solches Gesicht!», mahnte Hanspeter. «Ist doch alles da, was wir brauchen. Wir werden ohnehin nur nachts im Zimmer sein. Und die Aussicht auf das Tal und die Berge können wir vom Speisesaal aus geniessen. Jetzt machen wir uns einen richtig feinen Abend, mit Champagner und allem Drum und Dran.»

«Mein Geburtstag ist ja erst übermorgen», warf Heidi lustlos ein.

Hanspeter fasste sie liebevoll um die Taille: «Was hindert uns denn daran, heute und morgen und übermorgen zu feiern? Du wirst nur einmal 50!»

Der Speisesaal galt als Prunkstück des Hauses. Auf der Eingangsseite befand sich die «Kunst-Galerie» mit mehr als einem Dutzend grossformatiger Werke bekannter Maler, die gegenüberliegende Seite war die sogenannte «Panoramafront» aus raumhohen Glasscheiben, die einen fantastischen Blick auf die ganze Bergkette erlaubte. Und in der Mitte des Raumes hing ein riesiger Kronleuchter über einem gewaltigen Blumenarrangement. «Hier haben schon Madonna und George Clooney gegessen», flüsterte

Heidi andächtig. Aus der Boulevardpresse wusste sie, dass das «Grand» jahrzehntelang ein Jet-Set-Treffpunkt gewesen war. Seine Partys waren ebenso legendär gewesen wie die Skandale seiner illustren Gäste.

«Da hast du ja deine Aussicht!», lächelte Hanspeter und steuerte auf einen Tisch am Fenster zu. Der Oberkellner stellte sich ihm jedoch in den Weg. «Tut mir leid, die Tische an der Panoramafront sind reserviert. Wir haben viele Stammgäste und ausserdem eine Incentive-Gruppe bedeutender ausländischer Manager. Aber dort hinten ist noch ein schönes Zweiertischchen frei.»

Hanspeter bemühte sich, keine schlechte Laune aufkommen zu lassen: «Ja, wenns nicht anders geht ... Aber dann könnten Sie uns ja für morgen einen Fenstertisch reservieren?»

Der Oberkellner schüttelte bedauernd den Kopf: «Für die nächsten Tage sind alle Fronttische ausgebucht. Leider, leider. Sorry.»

Das besagte schöne Tischchen stand neben der Servicetüre und direkt unter der Klimaanlage, die Heidis frisch frisierte Haare zu einer Punkrolle aufblähte. «Steht dir ganz toll», beruhigte Hanspeter. Doch Heidi wusste, dass sie unmöglich aussah. Am liebsten wäre sie im Boden versunken. Stattdessen musste sie sich am Salatbüffet anstellen, das die offenbar so wichtigen Manager bereits in Beschlag genommen hatten. «Hi, I am Bill», rief ein dicker, grosser Mann neben ihr. «What's your name?» Und als sie schüchtern «Heidi» sagte, drehte er sich zu seinen Kollegen um und posaunte: «Look here, this is

Heidi, a real Swiss lady, ha, ha, ha!» Heidi lachte gequält mit und dachte: «Blöder Kerl, blödes Hotel.»

Der Abend wurde dann doch noch ganz nett, denn das Essen war vorzüglich, obwohl Heidi und Hanspeter die kunstvollen kulinarischen Kreationen nicht genau identifizieren konnten.

Am nächsten Morgen schneite es in grossen Flocken, das Alpenpanorama war hinter grauen Wolken verschwunden – eine gute Gelegenheit, das Dorf auszukundschaften, die Schaufenster der teuren Boutiquen zu studieren, in der weltberühmten Konditorei einzukehren, im hoteleigenen Hallenbad zu schwimmen, vielleicht die Foltermaschinen im Fitnessraum auszuprobieren. Abgesehen von einigen Zweikämpfen am Frühstücksbüffet – unter anderem mit dem dicken Amerikaner, der sich wiederum gut gelaunt als Bill vorstellte – war es ein erholsamer Tag. «Gehen wir doch heute Abend ins Arvenstübli zu einem Fondue», schlug Hanspeter vor. Das kleine rustikale Lokal im Untergeschoss des Hotels war bekannt für Oberländer-Spezialitäten und volkstümliche Livemusik. Beim Eintreten schlug den Indermattens indessen nicht nur Käsegeruch, sondern auch ohrenbetäubender Lärm entgegen. Die offensichtlich schon ziemlich angeheiterte Incentive-Gruppe begleitete das Ländler-Trio mit lautem Pfeifen und Johlen, der dicke Bill und zwei voluminöse Frauen tanzten sogar auf den Tischen. Erschrocken machten Heidi und Hanspeter rechtsumkehrt: «Da versteht man ja sein eigenes Wort nicht mehr!» Aber wohin? Im Speisesaal um einen Tisch betteln? Ins Schneegestöber hinausgehen und ein Restaurant suchen? Schliesslich begaben sie sich aufs Zimmer und bestellten zwei Sandwiches.

Gut, dass sie früh zu Bett gegangen waren und schon um halb sieben Uhr morgens aufwachten. Heidi zog die Vorhänge auseinander … und glaubte ihren Augen nicht zu trauen. Der Himmel hinter dem Nachbarhaus war wolkenlos! Richtiges Geburtstagswetter! Heute war der perfekte Skitag! Um sieben Uhr standen Heidi und Hanspeter als Erste vor dem Frühstückbüffet und schöpften sich unbehelligt die Teller voll. Der kleine Zwischenfall geschah erst, als Heidi nochmals ein Brötchen holen wollte. Mit voller Wucht stiess Bill seinen Teller in ihren Rücken und beim Ausweichen traf sie sein Skischuh am Schienbein. «Sorry», rief er durchs ganze Frühstückszimmer, «I am Bill. And what's your name?» Diesmal antwortete sie ihm nicht. Dieser Trampel! Mit Skischuhen zum Frühstück!

Zum Glück vergass sie den Schmerz, sobald sie auf der Piste stand. Es hatte mindestens einen Meter Neuschnee gegeben, der im Pistenbereich zu einem flachen Bett gewalzt worden war. Die Lust, sich in dieses herrliche Weiss hineinfallen zu lassen, war übermächtig. Hinunter in eine Mulde, hinauf auf eine Krete, im Sprung über einen Höcker und wieder hinein in den Steilhang – so leicht und weich glitten ihre Ski, dass sie zu fliegen glaubte. Zuerst ging es vom Hohen Rugg hinunter zur Unterweid, dann mit dem ersten Sessellift hinauf aufs Joch und mit dem zweiten aufs Niederhorn. Auf der Terrasse erklärte ihr Hanspeter die Aussicht auf die nahen und fernen Gipfel und Gletscher. Welch grandioser Kranz aus Drei- und Viertausendern! Nicht minder faszinierend war der Blick in die Tiefe. Steil abfallende Felswände und bizarr aufgetürmte Eisformationen verbanden sich zu surrealen Bildern, berückend und erschreckend zugleich. Kaum zu glauben, dass sich diese dramatische Schneewelt problemlos befahren liess! Die Steilstücke und die Passagen zwischen den hoch aufragenden Wächten wirkten wie frisch gebügelt, die Eisplatten liessen sich auf breiten Bahnen umfahren, und in den unteren Sektionen, wo Steinbrocken die Fahrt hätten behindern können, war der Weg mit künstlicher Beschneiung geebnet worden.

Um zwölf Uhr gelangten sie zur Bergstation Hohenalp, wo Hanspeter einkehren wollte. Heidi hingegen hatte keineswegs genug. «Lass mich noch schnell die Traumpiste machen», bat sie. Bald würde es dafür zu spät sein. Inzwischen war es nämlich deutlich wärmer geworden. Der Schnee begann unangenehm weich zu werden, an den sonnenbeschienenen Stellen blieben die Ski richtiggehend kleben. In diesem Moment hörte sie hinter sich wieherndes Lachen. Die Mitglieder der Manager-Gruppe aus dem «Grand» hatten sich in einer Reihe aufgestellt, bereit zur Fahrt über die Traumpiste. «Nichts wie weg», dachte Heidi und stiess sich kräftig mit den Stöcken ab. Am Giessenhubel ging es noch recht zügig voran. Genüsslich kurvte sie in grossen Bögen ins Laubereck hinunter. Dort musste sie jedoch abrupt anhalten. Die Fortsetzung der Traumpiste war mit einem Seil abgesperrt. In dessen Mitte baumelte eine Tafel mit der Aufschrift «Achtung Lawinengefahr». Vor Kurzem musste die Piste noch offen gewesen sein, wie zahlreiche Skispuren bewiesen. Schade! Nun blieb nichts anderes übrig, als die Familienabfahrt zur Sesselbahnstation im Frauental unter die Bretter zu nehmen. Sie blieb einen Moment an der Abzweigung stehen, um die märchenhafte Winterwelt auf sich wirken zu lassen. Das Christenhorn war ein gleissender Zuckerhut, der Stuckengletscher schimmerte in zartem Blau. Und die vereisten Felsbänder des gegenüberliegenden Jörgenkopfs glitzerten wie Weihnachtsgirlanden. Als Heidi genauer hinsah, konnte sie mitten in der Felswand ein verschmitzt lachendes Gesicht erkennen. Und als der Wind in den Mulden etwas Schnee aufwirbelte, sah es aus, als ob es zublinzelte. Konnte es sein, dass es sie auf das Absperrseil aufmerksam machen wollte, das in diesem Moment von einem Windstoss etwas verschoben wurde?

Später konnte sie sich nicht mehr erinnern, wieso sich das Seil nicht mehr dort befand, als die Incentive-Gruppe die Stelle erreichte. Sie wusste nur noch, dass sie es wieder am ursprünglichen Ort festgebunden hatte, nachdem der letzte Fahrer das gefährdete Teilstück der Traumpiste in Richtung Weissfeld in Angriff genommen hatte.

Ohne einen einzigen Schwung fuhr sie auf der Familienpiste bergab. Noch bevor sie an der Station Frauental ankam, wurde die ganze Gegend von einem gewaltigen Donner erschüttert. Kurz darauf stieg eine Wolke über dem Weissfeld auf. Und kaum hatte sie den Sessellift bestiegen, hörte sie einen Helikopter kommen.

Hanspeter erwartete sie an der Bergstation Hohenalp: «Hast du gesehen, was passiert ist?»

«Nein. Hast du?»

Er schüttelte den Kopf. «Vermutlich fuhren irgendwelche Idioten ins Weissfeld hinein. Jedes Kind weiss doch, wie gefährlich das um diese Zeit ist.»

Heidi nickte. «Selber schuld, die Idioten. Lass uns auf der Sonnenterrasse eine Bratwurst essen.»

Am Abend erhielten sie einen Tisch direkt an der Panoramafront, weil einige Gäste nicht erschienen waren, wie der Oberkellner erklärte. Heidis Gedeck war von Blumen und Kerzen umrahmt, die Kellner sangen «Happy Birthday», der Champagner ging aufs Haus. Und das Essen schmeckte vorzüglich, obwohl nicht klar war, ob es sich beim schaumumhüllten, mit Kaviar garnierten Etwas um ein Fischfilet oder ein Filet Mignon handelte.

Lachs im Schnee –
ein Augen- und Gaumenschmaus à la Grandhotel

Zutaten

½ l	Hühnerbrühe
3	Knoblauchzehen
3	Rüebli in dünnen Scheiben
1	Stange Lauch in dünnen Scheiben
2 EL	kleine Selleriestücke
½	Zwiebel am Stück
½	grosse gekochte Kartoffel pro Person
1 TL	Crème fraîche pro Person
1 TL	schwarzer Fischrogen pro Person oder Kaviar, wenns gross zu- und hergehen soll
150 g	Frischlachs pro Person
250 g	Rahmquark, nach Belieben mit Knoblauch und Meersalz gewürzt
	Schnittlauch zum Dekorieren

Zubereitung

- Knoblauchzehen, Zwiebel, Rüebli-, Lauch- und Selleriestücke in der Hühnerbrühe knapp weich kochen.
- Hitze runterschalten und den Fisch in dieser Suppe ziehen lassen (nicht sieden!), bis er gar, aber immer noch so fest ist, dass er nicht zerfällt.
- Die Fischtranchen auf einem Bett aus gewürztem Quark anrichten und locker mit Schnittlauch bestreuen. Auf der Seite ein Bukett aus Rüebli, Lauch und Sellerie arrangieren.

Dekoration: Auf jeden Teller eine halbe gekochte Kartoffel legen und deren Schnittfläche mit etwas Crème fraîche und einer Messerspitze schwarzem Fischrogen bzw. Kaviar garnieren.

Tipp: Die Brühe ergibt am nächsten Tag eine Suppe oder kann tiefgefroren werden.

6
Gourmet-Carpaccio

Frau Hunziker hatte sich lange geweigert, ins Seniorenheim zu ziehen. «Man darf sich nicht selber alt machen», verkündete sie überall und immer wieder. «Altsein beginnt im Kopf. Wer von sich aus beschliesst, sein Leben einzuschränken, seine Aufgaben abzubauen und Herausforderungen zu vermeiden, der macht sich selber alt.» Allerdings wurde es von Jahr zu Jahr schwieriger, das Alter zu verdrängen. Zwar fühlte sie sich gesund und jung, bloss ihr Spiegelbild zeigte etwas anderes. Vor allem aber sagte ihre ganze Umgebung etwas anderes. Die Familie, die dauernd zur Schonung aufrief. Der Arzt, der ihr alles verbot, was Freude machte und dafür noch Geld kassierte. Die Versicherungen, die aufgrund des «erhöhten Risikos» immer weniger Leistungen für immer höhere Kosten verlangten. Die Medien, die sich einen Sport daraus machten, die Senioren zu verunglimpfen. Kurzum, die ganze, im Jugendwahn verhaftete, Gesellschaft, die das Alter als ein Makel und Frauen fortgeschrittenen Alters als wertlos einstufte.

Die Gehirnwäsche zum sukzessiven «Ausrangieren», wie sie es nannte, hatte schon relativ früh begonnen, nämlich zunächst ganz unverdächtig mit «fürsorglichen» Geschenken verschiedenster Geschäfte und Unternehmungen. Zum 50. Geburtstag hatte Frau Hunziker eine Packung Inkontinenzeinlagen erhalten, zum 60. Geburtstag wurde ihr ein Nahrungsergänzungsmittel zur Steigerung der Gedächtnisleistung überreicht, zum 70. flatterten Prospekte über Gehhilfen ins Haus. «Warum eigentlich», fragte sie sich oft, «sind ältere Menschen mittlerweile die einzige Bevölkerungsgruppe, die hemmungslos diskreditiert und diskriminiert werden darf?»

Jeden Morgen stellte sie sich vors Fenster und rief laut und trotzig: «Ihr könnte mich alle kreuzweise!» Aber als ihr die Wohnung gekündigt wurde, weil die Liegenschaft in ein luxuriöses Apartmenthaus umgewandelt werden sollte, blieb ihr nichts anderes übrig, als eine winzige Einzimmerwohnung im gemeindeeigenen Wohnheim zu beziehen. Immerhin hatte sie noch eine kleine Küche, ein eigenes Bad und einen Balkon mit ein paar Geranientöpfen. Und damit noch ein paar Pflichten, die sie lebendig erhielten.

Im Grossen und Ganzen war es kein schlechtes Leben. Aber ein so gutes wie vorher eben auch nicht. Vor allem war sie nun abgestempelt: Mehr noch als ihre Falten und Runzeln war es ihre Adresse, die sie in die Kategorie «unbrauchbar» verwies. Das mitleidige «Aha», als sie bei der Einwohnerkontrolle, auf der Post, bei der Bank und beim Zahnarzt ihr neues Zuhause meldete, klang monatelang in ihren Ohren nach. Am meisten ärgerte sie sich jedoch über jene Menschen, die sie in herablassender

Freundlichkeit «gute Frau» nannten, als sei sie im Oberstübchen nicht mehr ganz klar.

«Sei froh, dass du es so schön hast», mahnten Kinder, Enkel, Freunde und einstige Nachbarn. Und so sagte sie sich selber jeden Tag: «Sei dankbar. Hier bist du wunderbar aufgehoben. Jederzeit kann Hilfe angefordert werden und für Abwechslung sorgen die Heimleitung, die Gemeindehelfer und die Pro Senectute. Und den täglichen Ärger liefern das Fernsehen, das Radio und das Lokalblatt frei Haus.»

Wenn sie Lust auf einen Schwatz hatte, brauchte sie nur in die hauseigene Cafeteria zu gehen, wo Frau Bissig, Frau Wüst und Frau Hungerbühler jeden Nachmittag Kaffee tranken. Da konnte man sich dann gemeinsam über alles aufregen, was in der Welt nicht in Ordnung war. Und davon gab es vieles: Zum Beispiel das Wetter, der Verkehr, die Politiker, die Jungen, die anderen Alten. Die Busse, die genau dann wegfuhren, wenn man die Haltestelle keuchend erreicht hatte. Die Post, die immer mehr Dienstleistungen strich. Die Presse, die stets die Alten in Misskredit brachte. Und dann der Supermarkt, dessen Produkte so fest zugeklebt oder verschraubt waren, wie wenn sie zehn Jahre Wüstenkrieg zu überstehen hätten. Wer nicht übernatürliche Kräfte hatte, war völlig hilflos. Den Verschluss einer Petflasche drehen oder den Deckel eines Gurkenglases öffnen? Ein Stück Käse von zäher Klarsichtfolie befreien? Zehn Scheiben Bündnerfleisch aus der verschweissten Verpackung klauben? Keine Chance! Warum zum Teufel war so ziemlich alles, was

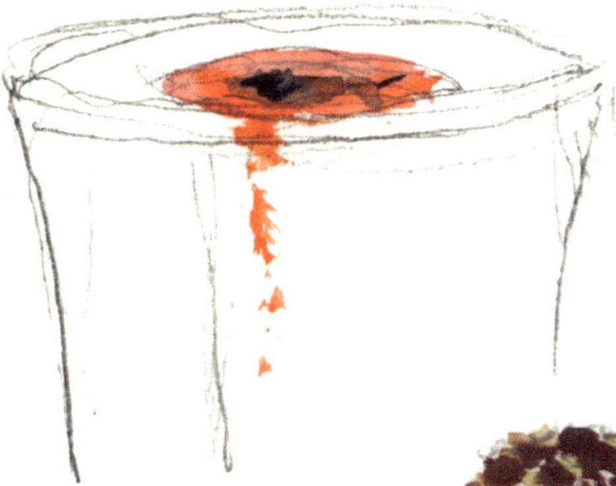

Frau Hunziker gerne ass und trank, so prohibitiv verpackt? Darüber konnte sie sich immer wieder aufs Neue ereifern. «Was denken sich die Leute von der Lebensmittelindustrie eigentlich? Wahrscheinlich nichts. Oder es handelt sich allesamt um Sadisten!»

Eines Nachmittags, nach zeitraubendem Kampf gegen zwei hermetisch verkapselte Kalbsplätzchen, fragte sie beim Sekretariat der Pro Senectute nach, ob sich denn nichts gegen diesen Unsinn tun liesse. Die Dame am Telefon verstand ihren Unmut sofort, ja, outete sich selber als Geschädigte. Aber leider, leider könne ihre Institution rein gar nichts dagegen tun. Sie solle sich an die örtliche Konsumentenschutzstelle wenden. Dort habe man Erfahrung mit solchen Dingen und werde ihr bestimmt gerne helfen. Dummerweise waren dort alle zuständigen Angestellten gerade besetzt. Nur der Anrufbeantworter sprach persönlich mit ihr: «Bitte rufen Sie später wieder an», was Frau Hunziker denn auch in den nächsten zwei Wochen mehrmals tat. Doch die Konsumentenschützer waren weiterhin besetzt, was eigentlich durchaus verständlich war. Zum Glück hatte der Hausmeister, dem sie ihre vergeblichen Bemühungen klagte, eine Idee: Warum nicht den Stadtpräsidenten für diese Sache einspannen? Schliesslich hatte dieser vor den letzten Wahlen versprochen, für alle Anliegen ein offenes Ohr zu haben. Und richtig: Der Präsident nahm den Anruf persönlich entgegen und versprach, an höherer Stelle zu intervenieren, sobald er in den Nationalrat gewählt werde. Und das sei mit grosser Wahrscheinlichkeit im Herbst der Fall, sofern auch Frau Hunziker für ihn stimme. Ihre Stimme nützte indessen nichts. Er errang lediglich den zweitletzten Platz auf der Kandidatenliste. Somit schwanden natürlich die Chancen auf eine erfolgreiche Intervention an oberster Stelle. An wen sollte sie jetzt gelangen? Vielleicht an die Presse? Der Redaktor des Lokalblattes war ein netter Kerl. Der würde bestimmt Verständnis haben. Hatte er aber nicht. Dieses Thema sei zu banal und abgeklatscht, um das Interesse der Leser zu wecken, meinte er. «Wir leben nicht mehr im letzten Jahrtausend, wo man die Milch noch mit dem Kesseli in der Molkerei holte!» Zudem gäbe es genügend Alternativen, um die Verpackungsprobleme zu umgehen. Zum Beispiel Fleisch im Offenverkauf erstehen, Leitungswasser statt Passugger trinken, Käse frisch von der Alp holen. «Ein bisschen Eigeninitiative müssen Sie schon aufbringen, gute Frau!» Frau Hunziker trank also fortan nur noch Leitungswasser. Aber das Thema war für sie nicht erledigt. Immer wieder musste sie an das Wort «Eigeninitiative» denken. Und eines Nachts zwischen halb zwei und drei Uhr kam ihr die Erleuchtung: «Wenn sich die Verpackungen nicht ändern lassen, muss ich wohl mich selber ändern!» Gleich nach dem Frühstück rief sie nochmals beim Sekretariat der Pro Senectute an. Wo es denn in der Nähe ein Fitnesscenter für Senioren gebe? Oder eine physiotherapeutische Praxis mit Erfahrung in Handmuskel-Training? Allenfalls einen Arzt, einen Heilpraktiker oder halt einfach eine Apotheke, wo schnell wirksame Kräftigungsmittel erhältlich seien?

Schliesslich fand sie einen ehemaligen Zirkusjongleur, der sich mit seiner alternativen Heilmethode zur Schmerzbekämpfung weitherum einen Namen gemacht hatte. Ein sehr netter Mensch übrigens, der Frau Hunziker versicherte, ihr Problem könne ohne Skalpell, Spritzen, Medikamente und Nebenwirkungen in kurzer Zeit gelöst werden. Und zwar allein mit täglich mehrmals praktizierten einfachen Handübungen, um die verhärteten Faszien zu ihrer ursprünglichen Form und Funktion zurückzubringen.

Die Einladung der Pro Senectute zu einer Betriebsführung durch die Fleischfabrik Linsi in Oberlottenhausen kam deshalb nicht ungelegen. Vielleicht war dies ja eine Gelegenheit, das Problem sozusagen an der Wurzel zu studieren und diskutieren.

In der Tat war der Rundgang äusserst informativ. Firmenbesitzer Linsi liess es sich nicht nehmen, die respektable Gruppe von 27 Bewohnerinnen und Bewohnern des Unterlottenhausener Seniorenheims persönlich durch die Anlage zu führen. Zuerst wurde die sogenannte Rohware in der weitläufigen Halle besichtigt: Wuchtige Stücke vom Schwein, Kalb, Rind, Pferd und Hirsch, denen man zum Teil gut ansah, woher sie stammten. Dann gings in den würzig duftenden Kühlraum mit den Würsten, dem geräucherten Schinken, dem Bündnerfleisch und den einheimischen Mostbröckli. Anschliessend versammelte sich die Gruppe vor einer langen Glaswand, die den Blick auf ein 20 m langes metallenes Ungetüm freigab. Es war das Herzstück der Firma. Eine voll automatisierte Fleischverarbeitungsmaschine, die in einer knappen Viertelstunde jedwelche Fleischstücke in einheitlich schwere, luftdicht verpackte Portionen verwandelte! «Mitsamt der Verpackung?», fragte Frau Hunziker verblüfft. Linsi nickte mit sichtlichem Stolz. «Eine Weltneuheit, von mir persönlich erfunden und an dieser Stelle konstruiert und montiert. Genial, nicht wahr?»

Frau Hunziker konnte es wirklich kaum glauben. Dieser gepflegte Mann im blauen Anzug war also einer von jenen Menschen, der ihr das tägliche Leben erschwerte. Seinetwegen hatte sie dauernd abgebrochene Fingernägel und Schweissausbrüche. Er war schuld, dass ihr Blutdruck in unschöner Regelmässigkeit auf 180 stieg. Und auf sein Konto gingen auch die diversen Schnittwunden, die aus den mühseligen Versuchen resultierten, Bündnerfleischpackungen mit dem Messer aufzuschneiden. «Könnte ich das ganze Prozedere wohl von Nahem sehen?», fragte sie unschuldig. Herr Linsi war hocherfreut: «Kommen Sie mit, gute Frau!» Fürsorglich nahm er sie am Arm, schloss die schwere Glastür auf und führte sie aufs Podest hinauf. «Sehen Sie den grossen Trichter, gleich unter uns? Da wirft man die grossen Stücke hinein, ohne Ausbeinen, mitsamt Knochen und allem, die ganzen Rücken und Schenkel, wenn es sein muss sogar ein halbes Schwein. Die Maschine zerhackt alles fein säuberlich und trennt das qualitativ hochstehende Fleisch von Minderwertigem und Abfällen, die in separaten Kanälen der entsprechenden Verwertung zugeführt werden. Am Schluss haben wir fixfertige Verkaufsprodukte, hygienisch absolut einwandfrei und optisch durchaus marktgerecht. Im Moment läuft übrigens das Programm ‹Gourmet-Carpaccio›, das gleichmässige, hauchdünne Rindfleischrondellen in adretter Fächerform auf einem beschichteten Papierteller arrangiert.» Frau Hunziker lauschte gebannt und warf hie und da ein «Oh» oder ein «Ah» ein. Und Linsi, befeuert durch ihr Interesse, ging immer tiefer in die Details hinein, zeigte mit weit ausholenden Gebärden auf unsichtbare Schaltstellen, wobei er sich immer stärker übers Geländer neigte und der Trichteröffnung zusehends näher kam. «Um Himmels willen», dachte Frau Hunziker und fühlte, wie ein kühner Gedanke von ihr Besitz nahm. Ob sie es wagen sollte? Ob sie die Kraft dazu hatte? Und ob die Maschine es schaffen würde?

Ja, in der Tat, die wunderbare Maschine schaffte es. Sie stampfte, schüttelte und zitterte zwar mächtig, doch in ein paar Minuten war alles erledigt.

Frau Hunziker kam gerade zur Gruppe zurück, als eine reichhaltige Bündnerplatte aufgetragen wurde. Jedermann lobte die interessante Besichtigung und die noble Gastfreundschaft. Solche Nachmittage waren wirklich eine schöne Abwechslung! Dass Herr Linsi sich nicht mehr zeigte, tat der guten Stimmung keinen Abbruch. Nicht zuletzt, weil der Fleischteller von einem süffigen Rotwein begleitet wurde.

Frau Hunziker fühlte sich absolut grossartig, wenn auch ein bisschen müde. In einem gewissen Alter nehmen einen solche Anlässe eben doch ziemlich her.

Bündnerfleisch-Carpaccio

Zutaten pro Person

50 g	dünn geschnittenes Bündnerfleisch
1	feste Birne, halbiert, entkernt und der Länge nach in Lamellen geschnitten
	gehobelter Alpkäse
	einige Blätter Rucola
3-4	Baumnüsse in kleinen Stücken
	Olivenöl
1	gehäufter EL Ziegenfrischkäse
	Süsser, dicker Aceto balsamico
	Grob gemahlenes Meersalz, Vierfarbenpfeffer
1 EL	Granatapfelkerne (im Winter) oder Johannisbeeren (im Sommer)

Zubereitung

- Bündnerfleischtranchen und Birnenlamellen abwechslungsweise fächerförmig auf einen Teller legen.
- Mit Olivenöl und Aceto balsamico beträufeln.
- Mit Meersalz und Vierfarbenpfeffer würzen.
- Alpkäse nach Belieben darüber hobeln.
- Mit einigen Zweiglein Rucola, den Baumnussstückchen und den Beeren bzw. Granatapfelkernen garnieren.
- Eine Kugel Ziegenfrischkäse mit einem Spritzer Aceto balsamico dekorieren und neben den Fächer oder in die Mitte des Tellers legen.

7
Geschichten im Fels

Der Schweiss rann ihr von der Stirn in die Augen, die Haare waren unter dem Hut verklebt, das Atmen fiel ihr zunehmend schwerer. Am Vortag waren sie vier Stunden durch tropischen Regenwald und karges Outback gefahren, hatten in einem gottverlassenen Nest gegrillte Steaks mit Fliegen gegessen und über Nacht im Badezimmer einen Frosch beherbergt. Und nun kraxelten sie stundenlang durch wilden Busch, enge Couloirs und schmale Felsbänder steil bergauf. Der Bergkamm schien sich immer weiter zu entfernen, als wollte er sich überhaupt nicht erreichen lassen. «Das hat doch keinen Sinn», ärgerte sie sich. Sie hätten die Tour schon im August unternehmen sollen, als die Temperaturen im hohen Norden von Queensland noch relativ kühl waren. Jetzt, im Oktober, zeigte das Thermometer bereits am frühen Morgen 32 Grad. Bis Mittag würden es sicherlich über 40 Grad sein. Aber Arthur, ihr Mann, hatte darauf bestanden, genau an diesem Datum hierher zu kommen. Er hatte gelesen, dass dies für die Ureinwohner in alten Zeiten der Tag der Männlichkeitsrituale gewesen war, und dass die Magie der Felsmalereien in den Höhlen hoch über dem Fluss dann jeweils am deutlichsten spürbar sei.

Tatsächlich ist die weit abgelegene Bergregion ein UNESCO-Welterbe. Denn sie beherbergt einige der schönsten und grössten prähistorischen Felsmalereien Australiens. Haushohe überhängende Felsen bilden eine Reihe von lang gezogenen, tiefen Nischen, die über Jahrtausende als Versammlungs- und Festplätze dienten. Die steilen Wände sind ein einziges grosses Bilderbuch, über und über bemalt mit Figuren in Rot, Ocker, Beige, Braun, Schwarz und Weiss, manche so klar konturiert und farbintensiv, als ob sie erst kürzlich angebracht worden wären. Strichmännchen tanzen in einer Reihe, Dickbäuchige stehen Kopf, Winzlinge hängen an unsichtbaren Ästen, Kobolde gestikulieren mit verrenkten Armen, da und dort steht ein unförmiges Tier. Meist geht es drunter und drüber, jeder schiebt sich über jeden. Die ältesten Zeichen sind gegen 30 000 Jahre alt.

Wenn Margret jeweils eine kleine Verschnaufpause einlegen wollte, wurde sie von ihrem Mann unwirsch ermahnt: «Reiss dich zusammen, du Faultier.» Immer nannte er sie Faultier, weil sie gerne am Morgen ausschlief und auch einem Nickerchen am Nachmittag nicht abgeneigt war. Ja, und natürlich, weil sie mit den Jahren ein bisschen Gewicht zugelegt hatte, genau gesagt, 20 Kilo, das aber gut auf den ganzen Körper verteilt war, sodass sie nicht plump wirkte. Er hingegen war mit seinen 69 Jahren noch immer sehnig, schlank und topfit, wie es ein passionierter Berggänger ist, der jedes Wochenende einen Gipfel besteigt. Sie verstand ja, dass er als Steuerbeamter einer Agglomerationsgemeinde einen Ausgleich zum Alltag brauchte, ein Betätigungsfeld, in dem er sich selbst und seiner Umwelt beweisen konnte, dass er viele überraschende und bewundernswerte Fähigkeiten besass. Aber warum konnte er nicht einfach Wolkengebilde oder Sonnenuntergänge fotografieren? Oder Wasser in unterschiedlichsten Formen und Farben? Das Meer zum Beispiel? Ja, das Meer! Wie schön wäre es, gerade jetzt dort zu sein. Auf einem Liegestuhl unter Palmen. Auf einer Luftmatratze im blaugrünen Wasser! Vor ihrer Hochzeit hatte er ihr einen Traumurlaub auf den Malediven versprochen. Daraus war jedoch bis jetzt nichts geworden. Stattdessen musste sie ihn beim Eisklettern in Kanada, auf der Bärenpirsch in Finnland, beim Trekking in Uganda und beim Wüstenwandern in Libyen begleiten. Seitdem er mehrmals pro Jahr von Vereinen und Altersheimen in der ganzen Deutschschweiz zu Multimedia-Shows über seine Exkursionen und Forschungsergebnisse eingeladen wurde und sogar das Magazin «Archäologie im Lichte der Neuzeit» einen Artikel von ihm publiziert hatte, war er nicht mehr zu bremsen. Selbst die heimischen Gefilde waren vor ihm nicht sicher. Zwischen den grossen Reisen streifte er in der Region Zürich umher, vorzugsweise im dicht bewaldeten Sihltal und an den nicht ganz ungefährlichen Steilhängen der Albiskette. Sein neuestes Projekt betraf eine kleine Lichtung im Wildpark Langenberg, gleich unterhalb des Wolfgeheges, wo er einen steinzeitlichen Opferplatz vermutete. Allerdings hatte die zuständige Verwaltungsabteilung der

Stadt Zürich bislang noch keine Bewilligung für Grabungen erteilt.

Oft hatte Margret ihren Mann gebeten, doch alleine loszuziehen. Aber das kam nicht infrage. «Wir sind ein Team!», hatte er mit strenger Miene betont. Im Klartext hiess das, dass sie für alles sorgen musste, was ihn an seiner Entfaltung als Entdecker und Fotograf gehindert hätte. Sie schleppte den Proviant, den Getränkekanister, die Notapotheke, die Ersatzhemden und allen Kleinkram, den die jeweilige Exkursion erforderte. Er behütete derweil seine teure Kamera.

Endlich hatten sie den hoch aufragenden «Giant Horse-Felsen» erreicht, der für die Darstellung eines riesigen Pferdes berühmt war. Gleich daneben sahen sie die ebenfalls weltberühmten «Quinkan Galleries» – lang gezogene überhängende Felsen voll bunter Szenen, die über einstige Ereignisse, Bräuche und Überlebensstrategien berichteten. «Unsere Geschichtsbücher», hatte sie der Mann im Ortsmuseum des nahen Outbackstädtchens genannt, das sie am Abend vor der Wanderung kurz besucht hatten. «Meine Vorfahren kannten keine Schrift, alle Informationen wurden in Bildern und Geschichten weitergegeben. Bitte denkt stets daran, dass es sich um heilige Stätten handelt, die noch heute regelmässig von Angehörigen meines Volkes besucht werden. Also nichts berühren, nichts mitnehmen, nichts wegwerfen und nicht rauchen! Und keinesfalls den abgesperrten Weg betreten.» Dort oben, so betonte er, seien nach wie vor die Geister der Ahnen präsent, ganz besonders in diesen Tagen. Wer sie verärgere, provoziere ein Unglück, möglicherweise sogar eine Naturkatastrophe. Zur Warnung würden in manchen Nächten auf dem Bergkamm Feuer lodern oder Staub-Zyklone und Geröll die Abhänge hinunterwirbeln.

Vor dem Eingang zu den Höhlen befand sich eine Felsterrasse, die einen fantastischen Ausblick auf ein Tal voll silberner Eukalypten, ein ausgetrocknetes Flussbett, eine grün durchpunktete Ebene und eine violette Hügelkette bot.

Dicke Wattewolken zeichneten schwarze Bilder auf die Erde. In der Luft lag ein Duftgemisch aus sonnenverbrannten Hölzern, trockenen Gräsern und warmem Stein. Diese Weite! Diese Einsamkeit! Dieser Friede! Margret fühlte sich am Eingang zu einer anderen Welt, einer guten Welt voller Zuversicht und Freude, in der alles einfach richtig war und nichts und niemand ihr etwas anhaben konnte.

«Lass uns hierbleiben und diese Stätten in Ruhe geniessen», bat sie. Doch Arthur war ungeduldig. Er wollte die spektakulären Erotikzeichnungen suchen, die es laut einer Fachzeitschrift irgendwo weiter oben gab. Noch nie zuvor waren solche Darstellungen aus prähistorischen Zeiten gefunden worden. Seine Fotos würden weit über seinen Bekanntenkreis hinaus Aufsehen erregen.

«Aber es ist doch verboten, noch weiter hinauf zu steigen», warf sie schüchtern ein.

Er zuckte bloss die Schultern: «Verboten! Dass ich nicht lache. Das gilt nur für Abos, nicht für uns.»

«Und wenn ein Unglück geschieht?»

Jetzt wurde er richtig böse: «Dieser Aberglaube ist mir sowas von egal. Steh endlich auf, du Faultier, ausruhen kannst du auf dem Rückweg.»

Sie erhob sich, denn sie war gewohnt zu gehorchen. In diesem Moment jedoch geschah etwas, das sie selbst erschreckte: Aus ihrem Mund kam ein lautes, deutliches Nein, wie ein Pistolenschuss. Das hatte er nicht erwartet. Er schaute sie einen Moment lang verdutzt an, dann lief sein Gesicht rot an und er holte tief Atem: «Was fällt dir ein! Komm sofort mit!»

«Nein», sagte sie nochmals. «Geh du allein, ich bleibe hier.» Und zum Beweis ihres Widerstands klammerte sie sich am Stamm eines kräftigen Eukalyptusbaums fest. Erfahrungsgemäss würde er nun ausrasten, lauthals schimpfen und zur Ohrfeige ausholen.

Zu ihrer Verwunderung und Erleichterung tat er nichts dergleichen. Er drehte sich einfach um, stapfte den Berg hinauf, kletterte über eine Abschrankung aus losen Ästen und entschwand ihren Blicken.

Sie setzte sich in den Schatten der Felsen und packte die Sandwiches aus, die ihr der Besitzer ihrer Unterkunft mitgegeben hatte. Erfreut stellte sie fest, dass das fade und schlappe australische Weissbrot knusprig geröstet und mit einer köstlichen Fleischmousse bestrichen war. Während sie ein Sandwich nach dem anderen verschlang, betrachtete sie die Malereien auf den Felswänden. Im kleinen Dorfmuseum hatte sie gelernt, dass liegende Figuren Krankheit und auf dem Kopf stehende den Tod bedeuten. Die Spuren von Emus und Kängurus erzählten vermutlich von der Jagd und das Bild eines Possums zeugte vom Besuch des Possum-Clans. Was aber bedeuteten die vielen linken Hände, die eine ganze Wand bedeckten? Und was hatte es wohl mit der grossen gefleckten Schlange auf sich? Sie rätselte und dachte sich allerlei Geschichten aus. Da hörte sie plötzlich ein Krachen und Poltern, gefolgt von seltsamen Schreien. Ihr war, als ob Arthur von weither «Margret, Margret» riefe. Sie horchte angestrengt. Und richtig: Da war das Geräusch noch einmal, allerdings nur kurz und viel schwächer. Konnte es sich wirklich um Arthurs Stimme handeln? War es wieder einmal ein Befehl? «Und wenn schon», dachte sie. Von jetzt an würde sie kein folgsames Faultier mehr sein.

Sie legte sich auf den warmen Boden und liess sich von der Hitze einlullen. Die aufsässigen Fliegen nahm sie gar nicht mehr wahr. Hier fühlte sie sich aufgenommen und umsorgt, wie wenn sie endlich an ihrem Bestimmungsort angekommen wäre.

Als sie aus dem Dämmerschlaf erwachte, war es schon vier Uhr nachmittags. Die Schatten waren länger geworden, die starren Darstellungen auf den Felsen begannen sich aufzulösen und die Figuren erschienen zunehmend lebendiger. Auch trug der Wind mit einem Mal allerlei Stimmen herbei. Der Schrei des Kookabarra klang wie das Lachen eines alten Mannes, das Rascheln des Laubs hörte sich wie vielstimmiges Gekicher an. Unwillkürlich musste sie selber lachen. Ohne zu wissen weshalb, quoll das Lachen einfach aus ihr heraus, laut und lauter, bis

Tränen der Erleichterung über ihre Wangen liefen. Dass Arthur immer noch fort war, machte ihr interessanterweise überhaupt nichts aus. Im Gegenteil. Sie fühlte sich herrlich frei und voller Lebenslust. «Nur Mut», zischte die Schlange. «Geh einfach deinen Weg», riefen die Strichmännchen. Da begannen ihre Füsse ohne ihr Zutun über Stock und Stein bergab zu tanzen.

Es war bereits dunkel, als sie bei ihrem Auto ankam. Weit und breit war niemand zu sehen. Die Felstürme hinter ihr bildeten eine drohende Kulisse, vor ihr lag eine schwarze Landschaft, die Häuser in der Ferne schienen verlassen. Plötzlich begann sie zu zittern, obwohl die Luft immer noch warm war. Der Zauber war verflogen.

Zum Glück brannte im Pub noch Licht. Drei knorrige Gesellen sassen beim Bier auf der Terrasse. Unter dem Tisch hüpften ein paar jener giftigen Kröten umher, vor denen überall auf Plakaten gewarnt wurde. Der Wirt schaute Margret stirnrunzelnd an: «Was ist los? Um diese Zeit sollten Sie längst hier sein. In diesen Breitengraden bricht die Nacht früh und rasch herein.»

«Mein Mann», stammelte sie, «oben bei den Höhlen, weiss nicht wo, wie lange …»

«No worries», grunzte der am nächsten sitzende Biertrinker, «der kommt schon wieder. Ist wohl von der Dunkelheit überrascht worden und macht es sich in einer Höhle bequem.»

Sein Nachbar grinste so breit, dass ihm beinahe die Zigarette aus dem zahnlosen Mund fiel: «Vielleicht lässt er sich gerade drüben in Rosys Höhle verwöhnen.»

Der Wirt grinste ebenfalls: «Im Outback ist alles möglich.» Dann wurde er jedoch ernst: «Heute ist es zu spät für die Suche. Morgen ziehen wir bei Tagesanbruch los. Jetzt braucht das arme Mädchen erst mal etwas Warmes im Magen. Wie wärs mit Känguru-Steak?»

Margret schüttelte den Kopf, doch das nützte nichts. Zwei Minuten später stand eine Flasche Wein vor ihr, und kaum hatte sie das erste Glas geleert, brachte der Wirt einen Teller mit köstlich duftendem Fleisch. Känguru? Das hatte sie wirklich nie essen wollen. Aber solche zarten Stücke, zusammen mit einer überraschenden Gemüse-Früchte-Mousse, waren einfach himmlisch. Schon mit den ersten Bissen gewann Margret die Leichtigkeit des Nachmittags zurück. Und damit die Gewissheit, dass dies der Beginn des richtigen Lebens war.

Am nächsten Morgen um sechs Uhr machte sich der Wirt mit zwei ortskundigen Aborigines auf den Weg zu den heiligen Stätten. Der Suchtrupp kam indessen nicht viel weiter als bis zu den «Quinkan Galleries». Der Weg zu den höher gelegenen Höhlen wurde durch grosse Felsbrocken versperrt. Offenbar war eine Geröllawine niedergegangen.

Drei Jahre später fanden Archäologen in einem Felsspalt etwas oberhalb der «Quinkan Galleries» einen Bergschuh und Fetzen eines blauen Hemdes.

Känguru-Steak im Apfel-Beet –

ein Genuss in jeder Lebenslage

Zutaten für 4 Personen

4	Känguru-Steaks zu je 150 g (als Variante Rindshuft)
2	mittelgrosse Zwiebeln, geschält und grob geschnitten
2	säuerliche Äpfel, geschält in 3 cm grossen Stücken
1	Rande (Rote Beete), geschält und geschnitten
3	Knoblauchzehen, gehackt
1	Tasse klein gestückelte Senffrüchte
1 dl	Rotwein
	Salz und Pfeffer oder Fleischgewürz
	Olivenöl

Zubereitung

- Steaks in einer Pfanne in wenig Öl bei starker Hitze auf jeder Seite scharf anbraten. Danach bei reduzierter Hitze je 2 Minuten beidseitig weiter braten, würzen und herausnehmen. Achtung: Das Fleisch nicht durchbraten! Weil es sehr wenig Fett hat, wird es schnell trocken und zäh.
- Sofort in Alufolie einwickeln und ca. 3 Minuten im 60 Grad warmen Ofen ruhen lassen.
- Nun den Rotwein zum verbliebenen Fleischfond geben und darin Knoblauchzehen, Senffrüchte, Zwiebeln, Randen- und Apfelstücke kurz dünsten, ohne dass sie zerfallen.
- Die Gemüse-Früchte-Mischung mit wenig Sauce auf einer Platte anrichten und die Steaks darauflegen.

Herzhafte Fleischmousse –

als Brotaufstrich oder als Vorspeise

Zutaten pro Portion

Gebratenes Schnitzel vom Känguru –
ersatzweise vom Rind, Schwein, Hirsch oder Lamm

Pro Schnitzel

fein gehackte Zwiebel und
1 gestrichener EL Gartenkräuter
Streichfester Frischkäse nach Verfügbarkeit,
z. B. Mascarpone oder Philadelphia
Salz, Pfeffer oder fertiges Fleischgewürz
Ein Schuss Portwein

Zubereitung

- Fleisch im Hacker zu einem Mus zerkleinern, Zwiebel, Salz, Pfeffer und Gartenkräuter daruntermischen, dann soviel Frischkäse dazugeben, dass eine homogene, streichfähige Masse entsteht. Am Schluss einen Schuss Portwein hinzufügen. Aber aufgepasst: Die Mousse darf nicht wässrig sein! Sollte dies passieren, müssen mehr Frischkäse und Würze beigegeben werden.

Zum Aperitif: Mousse auf kleine, getoastete Brotscheiben streichen.

Als Vorspeise: Kleine Bälle oder spitze Häufchen formen und rundum mit Salat garnieren.

8

Griechisches Konfekt

Die Herstellung der Dattelplätzchen erforderte recht viel Zeit und Geschick. Zunächst galt es, Mandeln in Stifte zu schneiden, Datteln zu entsteinen und zu zerkleinern, kandierte Früchte ganz klein zu würfeln und alles mit Puderzucker, Mehl und steifem Eiweiss zu vermischen, dann musste die Masse in dekorativen Häufchen auf runden Oblaten arrangiert werden. Schliesslich kamen die kleinen Kunstwerke in den Ofen, wo sie sachte bräunten, bis sie aussen schön knusprig, aber innen trotzdem schmelzend weich waren. «Griechisches Konfekt» hatte es ihre Mutter genannt. Es war ein Geheimrezept der Familie.

Eigentlich wurden die Plätzchen nur an Weihnachten oder an hohen Festtagen aufgetischt. Nie hätte Luisa gedacht, dass sie einmal jeden Samstag welche backen würde. Aber seit zwölf Wochen war jeder Samstag ein Festtag. Dann kam nämlich Bruno zu Besuch. Ihr Traummann, ihr Geliebter und Freund. Kennengelernt hatte sie ihn am Postschalter, wo sie seit 33 Jahren arbeitete. Etwas unbeholfen hatte er ihr seinen gelben Abholschein gereicht und statt nach Erhalt seines Päckchens sofort wieder zu gehen, zwei Ein-Franken-Marken, eine

Autobahn-Vignette fürs nächste Jahr, einen Satz Klebeadressen, ein Millionen-Los und einen Radiergummi gekauft. Schliesslich erkundigte er sich auch noch nach den Tarifen für Auslands- und Expresssendungen und wollte wissen, ob sie selbst schon Erfahrungen mit dem Versand zerbrechlicher Gegenstände gemacht habe.

«Was ist mit dem Kerl los?», hatte sie sich insgeheim gefragt. «Wieso bleibt er hier hängen?» Als er am nächsten und übernächsten und überübernächsten Tag wieder kam und offensichtlich mit Absicht ihren Schalter wählte, wusste sie es: Endlich ein Mann, der sich für sie interessierte! Also packte sie die Gelegenheit und bot ihm an, ihn am Samstagnachmittag bei ihr zu Hause noch tiefer in postalische Vorschriften und Gepflogenheiten einzuführen. Ohne zu zögern sagte er zu. So kam es wie erhofft: Über die Post zu reden, war lediglich in der ersten Viertelstunde interessant. Bald ging man in gegenseitigem Einvernehmen zu anderen Themen über. Nun ja, er war nicht der Schönste und nicht der Jüngste. Aber in ihrem Alter konnte sie nicht mehr wählerisch sein. Geflissentlich ignorierte sie seinen dicken Bauch, die schütteren Haare und den Mundgeruch und konzentrierte sich auf seine blitzenden blauen Augen und das hübsche Verlegenheitslächeln. Und wie er ihre Plätzchen verschlang! Es war eine reine Freude, ihm zuzusehen. Und was jeweils nachher geschah, bereitete ihr noch viel mehr Freude.

An diesem Samstagnachmittag im Dezember wollte sie ihn besonders verwöhnen. Sie schob die doppelte Portion Plätzchen in den Ofen und zog die neue Spitzenbluse an, die ihre respektable Oberweite vorteilhaft zur Geltung brachte. Mit klopfendem Herzen wartete sie auf das Klingeln der Türglocke. Normalerweise kam er um zwei Uhr. Diesmal kam er jedoch nicht. Es wurde halb drei, es wurde drei, es wurde vier. Um Viertel nach vier erschien er endlich, die wenigen Haare zerzaust, der Hemdkragen offen. «Ich wurde aufgehalten», sagte er hastig. «Von der Nachbarin aus Nummer 12. Du weisst schon, die mit dem Nagelstudio.» Luisa verscheuchte ihren Argwohn und fragte, so ruhig sie konnte: «Was ist denn passiert?» Er wurde rot, hustete ein bisschen und schaute wie durch sie hindurch: «Ich habe mich in sie verliebt.»

Da wurde es Luisa eiskalt; die Platte mit den Plätzchen rutschte ihr aus der Hand und zerschellte mit einem schrecklichen Geräusch am Boden, als ob die ganze Welt in Brüche ginge. Sie öffnete die Wohnungstür und rannte die Treppe hinunter, hinaus auf die Strasse, hinunter zum Fluss, über die Brücke, hinein in den Wald, zwischen Dickicht und Bäumen hindurch, weiter und weiter. Bis sie merkte, dass sie immer noch im Flur stand und wie gebannt auf die Scherben und die rundum verstreuten Plätzchen starrte. Sie hörte nicht, was er sonst noch sagte, sie wusste nicht, ob sie ihm antwortete. Irgendwann ging er fort. Nur die Eiseskälte blieb.

Fortan lebte sie in einer Art Nebel und verrichtete ihre tägliche Arbeit wie eine Maschine: bei jedem Kunden ein wenig lächeln, jeden Wunsch kommentarlos ausführen, bei jeder Anweisung des Vorgesetzten pflichtschuldigst nicken, die Schublade mit den Marken und dem Bargeld stets sorgfältig verschliessen. Jeden Freitag kaufte sie im Supermarkt Mehl, Eier, Honig, Haselnüsse, Datteln und kandierte Früchte, um sich eine grosse Portion Plätzchen zu backen, die sie am Wochenende gierig in sich hineinstopfte. Sobald sie das silbergraue Cabriolet ihrer Nachbarin vor dem Nebenhaus parken hörte, ging sie ans Fenster, um einen verächtlichen Blick auf dieses unsäglich vulgäre Weib zu werfen. Und wenn dann hundert Messerstiche ihre Brust zerfetzten, wusste sie wenigstens, dass sie noch lebte.

Inzwischen war es Frühling geworden, die Temperaturen stiegen auf 20 Grad. Doch ihr war nach wie vor kalt. Und der stetige Plätzchenkonsum hatte ihre Kleidergrösse von 40 auf 44 ansteigen lassen, was ihr am Arbeitsplatz allerlei abfällige Bemerkungen eintrug. Zudem tauchte ein neues Problem auf: Ein Marder hatte versucht, sich an den Kabeln und Gummischläuchen ihres geliebten alten Fiat gütlich zu tun. Da wusste sie, dass die Zeit reif war zum Handeln.

Am darauffolgenden Samstag unternahm sie einen kleinen Abendspaziergang durchs Quartier, blieb da und dort kurz stehen, betrachtete die Blumen in den Vorgärten und die glänzend polierten Autos am Strassenrand. Und immer wieder schob sie sich ein Plätzchen in den Mund. Nur leider fiel ihr eine ganze Handvoll davon zu Boden, genau neben einem silbergrauen Cabriolet. Wie peinlich! Schnell schob sie die Krümel mit dem Fuss unter den Wagen. Zum Glück hatte niemand ihr Ungeschick bemerkt.

Als sie am Montagmorgen in der Zeitung las, dass die Besitzerin eines künstlerisch-kreativen Nagelstudios am Sonntag als Folge eines Marderschadens mit ihrem Auto tödlich verunfallt war, huschte zum ersten Mal seit Monaten ein Lächeln über ihr Gesicht. Und urplötzlich verspürte sie absolut keine Lust mehr auf Dattelkonfekt. Nur die Eiseskälte in den Gliedern war noch da. Aber sie war sicher, dass diese in Bälde verschwinden würde. Und nicht der sommerlichen Temperaturen wegen.

Sie brauchte nicht lange zu warten. Vier Wochen später, als sie bereits wieder Kleidergrösse 42 trug, stand Bruno kurz nach acht Uhr morgens vor ihrem Schalter. «Sie wünschen?», fragte sie in freundlich-geschäftsmässigem Ton. Er schaute sie flehend an: «Luisa, bitte, wir müssen reden.» «Reden?» Sie schüttelte den Kopf. «Wir sind hier auf der Post. Wenn Sie Briefmarken wünschen, bitte sehr.» Jetzt konnte er nur noch fassungslos stottern: «Du bist, ich bin doch, das heisst du und ich waren doch, Luisa, Luisli, Schatz, weisst du nicht mehr?» «Sorry», sagte sie, «der Nächste bitte.»

Er wich jedoch nicht von der Stelle, klammerte sich am Schalter fest, verlegte sich aufs Betteln, dann aufs Fluchen. Schliesslich versuchte er, das Schalterfenster einzuschlagen. Ungerührt schloss sie ab und zog sich in die hinteren Räume zurück. Sie wollte gar nicht sehen, wie er überwältigt und abgeführt wurde. Es genügte ihr, einige Zeit später zu erfahren, dass man ihn in die psychiatrische Anstalt eingewiesen hatte.

Von da an war ihr nie mehr kalt.

Griechisches Konfekt –
aus Grossmutters Kochbuch

Zutaten für ca. 40 Plätzchen

250 g	geschälte ganze Mandeln oder Mandelsplitter
40	Datteln
4 EL	rote und grüne kandierte Früchte in Würfelchen
4	Eiweiss
250 g	Puderzucker
4	EL Mehl
1	Packung Back-Oblaten
	Butter zum Einfetten

Zubereitung

- Die ganzen Mandeln in warmes Wasser einlegen, damit sie der Länge nach in Splitter geschnitten werden können. Datteln entsteinen und in feine Streifen schneiden. Kandierte Früchte sehr klein würfeln.
- Eiweisse zu Schnee schlagen und mit Puderzucker glatt rühren, dann Mandeln, Datteln, kandierte Früchte und Mehl darunter mengen. Aus dieser Masse kleine Häufchen formen und jedes auf eine Oblate setzen. Auf einem mit Butter bestrichenen Blech bei schwacher Hitze goldbraun backen.

9
Der Gletscher

Die Männer kamen kurz nach sechs Uhr abends, als Selina gerade Capuns zubereitete. Den grossen Dicken kannte sie, es war Hermi Halder, der Gemeindepräsident. Der Kleine mit dem Schnurrbart musste neu sein in der Gegend. «Müller, Kantonspolizei», stellte er sich vor. Selina blickte die beiden erschrocken an. Was war passiert? Hatte sie etwas falsch gemacht? Die Kinder? Die Enkel? Seit ihr Mann gestorben war, lebte sie alleine im grossen Haus am Rande des Dorfes. Die Familienmitglieder hatten sich in alle Winde zerstreut. Der ältere Sohn wohnte in Zürich, der jüngere war nach Kanada ausgewandert, die Tochter verbrachte den grössten Teil des Jahres in Spanien. «Keine Angst», beruhigte Müller. «Es ist nichts Schlimmes, eher im Gegenteil.» Hermi Halder nickte: «Dürfen wir hereinkommen?» Selina trat zur Seite und öffnete den Männern die Tür. Aus der Küche ertönte ein lautes Blubbern, das Milchwasser kochte über. Ohne zu antworten, hastete sie zum Herd und zog den Topf beiseite. Die Männer folgten ihr und setzten sich an den Küchentisch.

Der Gemeindepräsident drehte sein Käppi in den Händen hin und her: «Es ist nämlich so, das heisst völlig unerwartet, niemand hat damit gerechnet.» Und nach einer Pause: «Man hat sie gefunden.»

«Der Gletscher hat sie freigegeben», fügte Müller hinzu.

Der Gletscher? Freigegeben? Was? Selina hatte keine Ahnung, wovon die Männer sprachen. «Deine Eltern», erklärte Halder. Die Eltern? Halders Stimme klang wie aus einer anderen Welt. Aus einer bösen Welt voll undurchsichtiger Nebelfetzen. Mutter, Vater – diese Worte bedeuteten nichts anderes als Angst, Verlorenheit, Tränen. Mechanisch stellte Selina drei Gläser und die Flasche mit dem selbst gebrannten Schnaps auf den Tisch. «Es ist mehr als ein halbes Jahrhundert her, ich war erst fünf Jahre alt.»

«Kannst du dich an sie erinnern?», wollte Hermi Halder wissen. Selina zuckte die Schultern. «Ich weiss nicht. Vielleicht kenne ich sie nur von den Fotos her.» Sie stand auf und holte das Album aus der Stube. Auf der fünften Seite fand sie das gesuchte Bild: Ein fröhlich lachendes Paar auf Ski, beide mit Keilhosen und lustig gestreiften Wollmützen, im Hintergrund das breite Firnfeld des Hausbergs. Es musste wenige Tage vor dem Unglück unweit ihres Heims aufgenommen worden sein. «Ist es sicher, dass es meine Eltern sind?», wollte Selina wissen. «Ziemlich sicher», sagte Müller. «Eine Person trug den Siegelring Ihres Vaters. Zudem fanden wir die beiden Mützen, die genau mit jenen auf diesem Foto übereinstimmen. Und das Halstuch, das neben der zweiten Person lag, trug eine Stickerei mit den Initialen deiner

Mutter.» «Das Institut für Rechtsmedizin und der Archäologische Dienst des Kantons nehmen nun weitere Abklärungen vor», ergänzte der Gemeindepräsident. «Wir halten dich auf dem Laufenden.»

Am nächsten Tag stand es bereits in der Zeitung: «Gletscherleichen am Öhu-Gletscher aufgetaucht! Deutsche Bergsteiger haben in einer Wassermulde die sterblichen Überreste zweier Skifahrer entdeckt, die mehrere Jahrzehnte im Eis lagen. Anhand ihrer Ausrüstung und der kantonalen Vermisstenliste kann davon ausgegangen werden, dass es sich um jene Eheleute aus der Gegend handelt, die von einer Skitour am 29. April 1965 nicht mehr zurückkehrten. Vermutlich sind sie in eine Gletscherspalte gefallen, die unter der weich gewordenen Schneedecke verborgen war. Trotz sofort eingeleiteter und über mehrere Tage weitergeführter Suche durch die örtlichen Bergretter konnten keine Spuren gefunden werden, da die Route der Verunglückten nicht bekannt war und es überdies bereits am Unfallabend zu schneien begann.»

Im Anhang an diese Meldung waren spektakuläre Funde der vergangenen Jahre aufgelistet, allen voran jener des 5000 Jahre alten Ötzi und des «Söldners vom Theodulpass», der im 16. Jahrhundert unterwegs gewesen war. In letzter Zeit hatten die Gletscher indes in erster Linie Bergsteiger und Skifahrer freigegeben, die im vorigen Jahrhundert verunglückt waren. So 2004 am Matterhorn zwei seit 44 Jahren vermisste Japaner und 2016 am Morteratschgletscher einen deutschen Alpinisten, der seit 1963 verschollen gewesen war. Der Artikel schloss mit der Feststellung, dass die Gletscher im Zuge der Klimaerwärmung künftig wohl vermehrt Tote freigeben werden. Heute gebe es in den Schweizer Alpen Hunderte von Vermissten. Allein am Morteratschgletscher würden noch 40 Gletscherleichen vermutet.

Auch der Öhu-Gletscher war in den letzten 50 Jahren stark zurückgegangen. Selina erinnerte sich, dass er in ihrer Kindheit bis zur Talsohle hinunter gereicht hatte. Jetzt endete er gut 900 m weiter oben in einer braungrauen Wüste. Auf beiden Seiten erhoben sich schwarze eisfreie Steilwände, die Gletscherstirn war längst nicht mehr so gewölbt wie einst, die Eishöhle – vormals eine Touristenattraktion – gab es überhaupt nicht mehr. Dennoch hatte der Gletscher seine gewaltige Stimme behalten. Sein Donnern und Krachen dröhnte mitunter durch das ganze Tal. «Die armen Seelen finden keine Ruhe», raunten dann die Alten, «passt auf, der Öhu droht mit Vergeltung!» Die Jungen lachten bloss: «Ach was! Das kommt lediglich von den Verschiebungen im Eis.» Selina wusste nicht recht, wem sie glauben sollte. Vielleicht hatte das eine mit dem anderen zu tun? Seit Kindertagen hatte sie das dumpfe Gefühl, dass sich der Gletscher gegen das Eindringen der Menschen wehrte. Wollte er ein Zeichen setzen, als er ihre Eltern verschluckte? Aber warum gerade diese beiden? Bestimmt waren sie keine schlechten Menschen gewesen.

In der Erinnerung sah sie zwei fleissige junge Leute, die von morgens früh bis abends spät mit ihrem Gästehaus

und dem kleinen Landwirtschaftsbetrieb beschäftigt waren. Die Mutter fütterte die Hühner, Ziegen und Kaninchen, pflegte den Gemüsegarten, bereitete das Frühstück zu, führte die Buchhaltung, plauderte mit den Gästen und gab ihnen nützliche Ratschläge. Der Vater molk die drei Ziegen und die beiden Kühe, stellte im Keller Joghurt und Käse her, fuhr zum Einkaufen in den Hauptort, reparierte das Dach, die Terrasse und die wackligen Stühle. Und da war auch noch die lustige Stine, Mutters Cousine, die den Service, den Abwasch, das Aufräumen und das Putzen besorgte. Manchmal hörte Selina ihr glucksendes Lachen beim Bettenmachen oder auf dem Estrich; ab und zu auch in Vaters Käsekeller. An Sommerabenden sassen sie dann jeweils alle auf der Terrasse, das war besonders schön. Der Vater spielte auf der Handharmonika und Stine jodelte dazu, sodass ein wahres Feuerwerk an Jauchzern in den Himmel stieg. Kein Wunder, sauste jeweils eine Sternschnuppe nach der andern durch die Nacht.

Jenen Unglückstag im April verbrachte Selina bei ihrer Grossmutter. Die Eltern hatten das Gästehaus wie üblich nach der strengen Wintersaison für sechs Wochen geschlossen. Es war ihr erster freier Tag und die Bedingungen für eine Skitour schienen perfekt: Der Himmel war wolkenlos, der Schnee hatte sich zu einer glatten Decke verdichtet. Als ehemaliger Skilehrer kannte Selinas Vater das Gebiet bestens; er wusste genau, wo und wann möglicherweise Lawinengefahr herrschte. Deshalb brachen sie schon im Morgengrauen auf und stiegen zum

Firnfeld auf, das eine traumhafte Abfahrt verhiess. Zwei andere Tourenfahrer befanden sich ebenfalls in der Gegend. Einer von ihnen behauptete später, durch den Feldstecher zwei Gestalten unterhalb des Firnfelds und eine weitere, etwa 100 m entfernt, beim Munikopf gesehen zu haben. Wer es gewesen war, liess sich im Nachhinein allerdings nicht feststellen. Von den Dorfbewohnern war an jenem Tag sonst niemand auf dem Gletscher.

Stine hatte sich schon am Vorabend von Selina verabschiedet. Sie habe eine grosse Reise vor, vielleicht bis ans Ende der Welt. «Geh nicht so lange weg», hatte Selina gebettelt. Daraufhin hatte Stine mit fester Stimme erklärt, für sie beginne nun ein neues Leben. Was das bedeutete, verstand Selina nicht. Sie spürte nur, dass irgendetwas nicht gut war.

Ach, wäre Stine bloss nicht fortgegangen! In den folgenden Jahren, als ihre Mutter «da oben» lag, wie die Grossmutter es ausdrückte, wäre sie glücklich gewesen, wenigstens ihre fröhliche Tante bei sich zu haben. Doch diese hatte offensichtlich ihr neues Leben gefunden. Weit weg, im fernen Australien. Dort, wo das Land rot und staubig war, wo es nur Felsbänder und keine richtigen Berge gab. Und wo seltsame Tiere auf zwei Beinen herumhüpften. Ab und zu trafen Luftpostbriefe ein, in kleiner sorgfältiger Schrift auf dünnem Papier, die meistens mit «Meine allerliebste Selina» begannen und mit «Gute Nacht, mein kleiner Schatz» endeten. Sie hatte offenbar furchtbar Heimweh, das war den Zeilen unschwer zu entnehmen. Und das war ja durchaus verständlich. Denn manches, was Stine schilderte, war so unglaublich, dass die Grossmutter nur den Kopf schütteln konnte. Eine Farm so gross wie das ganze heimatliche Tal samt dem Nachbartal und den Seitentälern! Und Tausende von Kühen, die man nie melken musste! «Glaubs nicht», riet die Grossmutter. «Die Stine war immer ein Luder, der ist nicht zu trauen.» Selina nahm sich fest vor, sobald sie gross war, dahin zu fahren und nachzusehen, ob alles so war wie geschildert. Irgendwann kamen jedoch keine Briefe mehr.

Zwei Wochen lang war der Fund auf dem Öhu-Gletscher ein Titelthema in den Zeitungen. Nachbarn brachten Selina sogar entsprechende Ausschnitte aus deutschen Magazinen, die sie ins Fotoalbum klebte. Von Hermi Halder hörte sie nichts. Eines Abends fasste sie sich ein Herz und rief ihn selber an. Wann denn endlich eine Beerdigung stattfinden könne? Noch sei es zu früh, beschied er ihr. Die Gerichtsmediziner seien mit ihren Abklärungen im Rückstand. Genaueres wisse er auch nicht.

Dann endlich, vier Wochen nach der Bergung der Toten, meldete sich der Kantonspolizist. Der Vater sei einwandfrei identifiziert. Und die Mutter? Am anderen Ende der Leitung ertönte ein Hüsteln: «Nun ja, ähm, da gibt es leider ein Problem. Die Untersuchungsergebnisse sind etwas verwirrend.»

«Was ist denn verwirrend?»

Erneutes Hüsteln: «Das Problem ist Folgendes. Die zweite Person ist tatsächlich eine Frau, im fünften Monat schwanger. Laut DNA-Test handelt es sich nicht um Ihre Mutter.»

Selinas Herz klopfte bis zum Halse: «Sie muss es sein, die beiden waren ja zusammen auf der Tour.»

Und nach einer Atempause: «Wer ist es dann?»

«Das wissen wir nicht. Es wurden in der besagten Zeit keine weiteren Personen als vermisst gemeldet.»

«Und was jetzt?»

«Die Abklärungen gehen weiter. Es ist da nämlich noch etwas anderes, das uns beschäftigt.»

«Was denn noch? Bitte, sagen Sie mir, was los ist!»

Selina hörte lediglich Papier rascheln. Müller tat sich offensichtlich schwer mit der Antwort. Endlich fuhr er mit heiserer Stimme fort: «Es scheint kein normaler Unfall gewesen zu sein. Beide Personen weisen Rückenverletzung auf, die nicht vom Sturz herrühren können.»

«Verletzungen? Woher?»

«Möglicherweise durch die Spitze eines Skistocks.»

«Kann man denn damit jemanden töten?»

«Nein, aber zu Fall bringen.»

Selina fühlte kalte Blitze durch ihren Körper zucken. Lange, nachdem das Gespräch beendet war, verharrte sie immer noch regungslos neben dem Telefon, unfähig, einen klaren Gedanken zu fassen. Erst gegen Mitternacht gelang es ihr, sich aufzuraffen und noch einmal das Fotoalbum zur Hand zu nehmen. Vielleicht, vielleicht fand sich darin ein Hinweis? Von Anfang bis zum Ende blätterte sie jede Seite sorgfältig um und betrachtete jedes Bild mit der Lupe. Ihre Mutter hatte jedes Foto mit Ortsangabe, Datum und Personennamen versehen, einige zudem mit einem kurzen Hinweis auf den jeweiligen Anlass. Zum Beispiel «Picknick an Selinas zweitem Geburtstag» oder «Eröffnung der neuen Gästeterrasse». Die kleinen sorgfältig gemalten Buchstaben kamen Selina vertraut vor. Sahen die Beschriftungen der Buchhaltungsordner und die Etiketten auf den Einmachgläsern nicht genau gleich aus? Und etwas anderes ebenfalls?

Trotz vorgerückter Stunde stieg sie auf den Estrich hinauf und suchte die Schachtel mit den Briefen aus Australien. Sie trugen dieselbe Schrift. Ein furchtbarer Verdacht nahm von ihr Besitz. Ihr Vater und Stine? Das konnte einfach nicht sein!

Im Laufe der Nacht wurde ihr klar, dass nur der Gletscher ihr die Wahrheit offenbaren konnte. Noch bevor das Dorf erwachte, machte sie sich auf den Weg zum Fuss der gewaltigen Eiszunge, die an diesem Sommertag so friedlich aussah wie kaum jemals zuvor. Sie setzte sich auf einen Erratiker am Rande der Moräne und liess den Blick über das milchig-grüne Gletscherseelein, das von Alpenrosen und Gelbwurz durchsetzte Geröll und schliesslich über die Landschaft aus eisigen Höckern, Spitzen und Schründen schweifen. «Wie ist es gewesen? Wer war es? Sag es mir, sag es mir, sag es mir!», rief sie laut und immer lauter, zehn-, fünfzehn-, zwanzigmal in die Stille hinein. Und von den Felsen hallte es in beschwingtem Rhythmus zurück: «esmiresmiresmiresmir …» – gerade so wie der jauchzende Jodel einer verliebten jungen Frau, die endlich von der Starrheit des Eises befreit worden war.

Capuns –
wie bei einer Nachbarin in Laax

Zutaten für 4 Personen

1	Paar Landjäger
1	Cervelat
1	kleiner Salsiz
150 g	gekochter Bauernschinken
300 g	Mehl
2	Eier
1	Prise Salz
3 dl	Wasser
	Peterli, Schnittlauch, Liebstöckel, Selleriewürze
	Mangoldblätter (ersatzweise Krautstielblätter, was im Bündnerland aber total verpönt ist)
	Geriebener Sbrinz
	Gebratene Speckwürfeli und gehackte gebratene Zwiebeln nach Belieben
	Sauce aus 8 dl Milch/Wasser mit 1 Bouillonwürfel

Zubereitung

- Einen Spätzliteig aus Mehl, Wasser, Eiern und Salz herstellen, das Fleisch und die Kräuter sehr fein hacken und gut mit diesem Teig vermischen. Die Masse muss schön fest sein.
- Mangoldblätter blanchieren, damit sie geschmeidig werden, dann in jedes Blatt eine daumengrosse Portion Fleisch-Spätzli-Mischung wickeln und alle in eine eingefettete Pfanne legen.
- Die Milch-/Wasser-Sauce mit dem Bouillonwürfel aufkochen, heiss über die Wickel leeren und 25 Minuten sanft kochen.
- Auf einer vorgewärmten Platte anrichten und mit den gebratenen Speckwürfeli und Zwiebeln abschmecken, locker mit geriebenem Käse überstreuen.

10

Kreuzfahrt ins Paradies

Eigentlich hasste ich Kreuzfahrten. Man ist gefangen auf einer fahrenden Insel, eingebunden in aufgezwungenes «Vergnügen», gestört durch Vielschwätzer, Drängler, Angeber und ungezogene Gören. Ausserdem muss man eine Dauerfütterung erdulden, die zweifellos unliebsame Folgen auf der Waage zeitigt. Freiwillig hätte ich mir das nie angetan. Aber als Direktorin einer familieneigenen Maschinenbaufirma blieb mir nichts anderes übrig, solche Reisen über mich ergehen zu lassen. Es war mir stets ein Anliegen, nicht nur den Einbau, sondern auch das einwandfreie Funktionieren der Anlagen persönlich zu überwachen.

Diesmal ging es um die Inbetriebnahme unserer kürzlich patentierten, zu 100 Prozent umweltgerechten, CO_2-neutralen Abfallbewirtschaftungsanlage – eine Weltneuheit, an deren Entwicklung ich selbst massgeblich beteiligt war. Vorgesehen war eine achttägige Karibikfahrt auf der brandneuen, luxuriösen «Meerjungfrau», einem Premium-Schiff mit gehobener Atmosphäre für eine betuchte Klientel. Gute Manieren hätten demzufolge erwartet werden dürfen. Doch leider zeigte sich die Situation nicht viel besser als auf einem Megakreuzer. Kein Tischchen, das nicht von Schlemmereien gezeichnet war, kein Deckstuhl, der nicht als Ablage für leere Gläser und Teller benutzt wurde. Uneingeweihte hätten denken können, die Gäste seien Überlebende einer Hungersnot.

Es muss am zweiten Tag der Kreuzfahrt gewesen sein, als ich etwa eine Stunde lang das Kommen und Gehen am Nachmittagsbuffet beobachtete – eine meiner Lieblingsbeschäftigungen – und mit mir selber Wetten abschloss, wer wie viel Patisserie nehmen würde. Den Vogel schoss eine wohlbeleibte Dame ab, die nebst zwei Torten mit Vanillesauce noch einen Hamburger mit Ketchup auf den Teller lud. In diesem Moment hörte ich eine sonore Stimme: «Was soll man seine Gesundheit schädigen, nur weil alles inbegriffen ist? Es genügt zu wissen, dass man alles haben könnte. Man muss es nicht auch noch essen.» Ich blickte mich um. Und war derart verblüfft, dass ich Salz statt Zucker in meinen Kaffee schüttete.

Hinter mir sass Roberto! Der Mann meiner Jugendträume, Sehnsüchte und Hoffnungen. Roberto, der charmante Verführer, der mir ein Glück vorgaukelte, das er mir nie zu schenken gedachte. Das längst vergessen geglaubte Ziehen in der Brust war mit einem Mal wieder da.

Natürlich war ers nicht. Bei genauem Hinsehen verflüchtigte sich sogar die Ähnlichkeit. Dieser Mann war viel grösser und stämmiger. Auch hatte er eine markantere Nase und buschige Augenbrauen. Nur das schelmisch-spöttische Lächeln war beinahe dasselbe.

Ich liess meinen Kaffee stehen und eilte in die Kabine. Im Spiegel erblickte ich ein rot angelaufenes Gesicht. «Nimm dich zusammen», befahl ich mir. «Du bist 55 Jahre alt, eine erfolgreiche Unternehmerin, vermögend, selbstbewusst, vernünftig und rund um die Uhr beschäftigt. Du bist deine eigene Herrin und Meisterin. Du brauchst keinen Mann, im Gegenteil, eine Beziehung würde dich nur stören.»

Mein Kopf verstand durchaus, aber mein Puls raste. Erst nachdem ich im Fitnessraum sechs Kilometer auf dem Laufband gerannt war, kehrte die innere Ruhe wieder ein.

Allerdings nicht für lange. Als ich den Raum verschwitzt und immer noch leicht hechelnd verliess, kam mir der Fremde strahlend entgegen: «Was dagegen, wenn ich Sie zu einem Fitness-Smoothie verführe?»

«Geh doch», raunte meine innere Stimme, «ist ja nur Spass.» Wie in Trance folgte ich ihm in die Bar. Und während ich irgendeinen scheusslichen Saft schlürfte, machte sich in meinem Körper eine blubbernd-süsse Wärme breit, die mich bei jedem seiner Sätze wie ein Teenager glucksend lachen liess. Unglaublich, unmöglich, untolerierbar… wunderbar. Zu allem Überfluss hiess er Robert.

Von da an verabredeten wir uns zum Lunch, zum Nachmittagskaffee, zum Cocktail, zum Abendessen, wann immer es seine Arbeit erlaubte. Er war wie ich beruflich unterwegs, und zwar als Kunstexperte und Auktionator der Art Gallery auf Deck 5, dem Zweigbetrieb einer renommierten amerikanischen Gemäldegalerie. Und als solcher hatte er viel zu tun, vor allem mit der Beratung und Betreuung potenzieller Kunden, von denen es auf diesem Schiff sehr viele gab, da – wie er mir verriet – hier die beste Gelegenheit bestand, bedeutende Werke günstig zu erstehen. Zum Beispiel Original-Lithografien von Andy Warhol und Roy Lichtenstein. Zudem eine breite Auswahl an Gemälden angesagter amerikanischer Pop Art-Künstler wie Peter Max. Zwar hatte ich mich bisher nicht besonders für Kunst interessiert; mein Haus war voller Erbstücke, über die ich mir nie Gedanken gemacht hatte. Und im Büro wurden Bilder und Skulpturen alle zwei Monate von meiner Einrichtungsfirma automatisch ausgetauscht. Nun aber tat sich eine ganz neue Welt für mich auf. Ich lernte, Techniken zu erkennen und Aussagen zu deuten, oft sozusagen hinter die Pinselstriche zu sehen. Eine gute Voraussetzung, um sich eine schöne kleine Sammlung anzulegen, wie Robert meinte. So nahm ich jeden Abend an einer Auktion teil, stets die Hand zum Bieten hebend, wenn er mit den Augen zwinkerte. Bilder kann man schliesslich immer brauchen. Ich würde einfach den Vertrag mit der Einrichtungsfirma kündigen und die Büros mit meinen Eroberungen schmücken.

Glücklicherweise war er an den sogenannten Landtagen immer frei und konnte mich auf den Ausflügen begleiten oder besser gesagt führen. Wir liessen es uns gut gehen, buchten keine üblichen Touristentouren, sondern nahmen uns eine Limousine oder mieteten für den

Tag einen Strandbungalow in einem Erstklasshotel. Robert hatte viel Fantasie, einen guten Geschmack und kannte auf jeder Insel die schönsten Plätze. Auf Puerto Rico spazierten wir ineinander verschlungen durch die Altstadt. Auf Jamaika schwammen wir wie einst James Bond im klaren Wasser der Oracabessa Bay. Und auf Yucatán tauchten wir nackt in die märchenhaften Höhlenpools der Cenoten. Besonders aufregend waren indessen die Nächte, in denen er mir Dinge zeigte, die ich nie erwartet hätte.

Klar, dass ein ungleiches Paar wie wir überall auffiel. Lauernde, abschätzige Blicke und höhnisches Getuschel anderer Passagiere machten mir aber gar nichts aus. Sollten sie doch lästern! Wenn ältere Männer sich mit jungen Frauen vergnügen dürfen, darf sich eine moderne Frau doch wohl einen jüngeren Mann nehmen! Ich war rundum glücklich.

Ist es da verwunderlich, dass ich Kreuzfahrten gar nicht mehr so schlimm fand? Ja, dass ich auf dem besten Weg war, ein Kreuzfahrten-Fan zu werden? Spontan entschloss ich mich, auch noch die Fortsetzungsreise zu buchen. Per Zufall waren ausgerechnet zwei benachbarte Balkonkabinen mit Verbindungstüre noch frei. Die Kosten spielten für mich keine Rolle. Eine Reiseverlängerung liess sich mit dringend notwendigen Zusatzprüfungen sehr gut begründen.

Die zweite Woche begann ebenfalls verheissungsvoll. Auf Antiguas traditioneller Sonntagsparty tanzten wir Calypso wie zwei entfesselte Feuerbälle, auf Barbados liessen wir uns am Strand eines Glamourhotels mit

Massagen verwöhnen, auf Grenada kosteten wir den hochprozentigsten Rum der Welt (wenn auch nur in winzigen Schlucken). Dann folgte ein Seetag, weil eine relativ weite Strecke bis nach Cartagena de Indias in Kolumbien zurückgelegt werden musste. Eine gute Gelegenheit, die vielen Annehmlichkeiten des Schiffs zu geniessen. Nur schade, dass ausgerechnet jetzt die «Aqua Fun-Landschaft» auf Deck 12 nicht benutzt werden konnte. Ein steifer Wind peitschte die Wellen an der Bordwand hoch und liess die Stühle tanzen. Kurz entschlossen buchte ich deshalb eine Behandlung im «Hair Paradise». Halblange mittelbraune Haare passten meiner Meinung nach jetzt ohnehin nicht mehr zu mir. Das verstand die Coiffeuse sofort. Zwei Stunden später hatte sie mithilfe gebleichter Strähnen, einer leichten Dauerwelle und viel Haarspray eine kühne Sturmfrisur hingezaubert, die mich um Jahre jünger aussehen liess. Was ich begreiflicherweise sofort feiern wollte.

«Robert, sieh mal, wer da ist!», rief ich schon am Eingang der Art Galerie. Aber niemand antwortete. Erst nachdem ich zweimal geklingelt hatte, erschien seine aufgebrezelte Angestellte und beschied mir, er sei im Büro beschäftigt und dürfe nicht gestört werden. «Lange kann es wohl nicht dauern», dachte ich. «Dann warte ich eben und schaue mir wieder mal die Ausstellung an!» Sie schenkte mir nur ein hämisches Lächeln und verschwand in einem Nebenraum.

Nach etwa zehn Minuten verlor ich die Geduld. Langsam schlenderte ich zu seinem Büro. Die Türe war zwar geschlossen und nur ein paar Gesprächsfetzen drangen nach draussen, trotzdem konnte ich unschwer feststellen, dass eine heftige Auseinandersetzung im Gange war. Ganz deutlich hörte ich die Worte «Geldgier» und «Betrüger», hysterisch hinausgeschleudert von einer weiblichen Stimme. Was Robert antwortete, verstand ich nicht. Umso deutlicher war der Tobsuchtsausbruch seiner Kontrahentin: «Wie lange soll das Treiben mit dieser alten Tante noch gehen?» Mir schlotterten die Knie. Ich wollte näher herantreten, doch da ging die Tür mit einem Ruck auf und die hohe Stimme schrie: «Verdammter Schuft, du hintergehst mich immer wieder!» Daraufhin war wieder die tiefe Stimme dran: «Hör endlich auf. Ich tue es ja für uns! Noch eine Woche, dann haben wirs geschafft. Sie hat bereits 21 Bilder gekauft, 15 weitere kann ihr sicher noch andrehen.»

Panikartig drückte ich mich zwischen zwei Staffeln eingepackter Bilder, den Blick auf die Tür gerichtet, die nun wieder zugeschlagen wurde. Wer um Himmels willen war diese Person? Im Blitztempo flirrten vor meinem geistigen Auge alle Frauen vorbei, die ich an Bord schon gesehen hatte. Endlich kam sie heraus. Eine kleine rundliche Gestalt mit schwarzem Lockenkranz: Carmelita, unser mexikanisches Zimmermädchen! Schlagartig wurde mir klar, warum Robert manchmal nach Desinfektionsmittel roch. Hatten sich die beiden jeweils unmittelbar nebenan …? Nein, das wollte ich mir nicht bildlich vorstellen. Ich schleppte mich in den vorderen Teil der Galerie und sank in einen Polstersessel. Sofort war die Angestellte zur Stelle, jetzt mit noch hämischerem

Lächeln. «Ist Ihnen nicht gut? Möchten Sie ein Glas Wasser?», säuselte sie. «Seekrank», würgte ich hervor. «Muss wohl der Sturm sein.» Unterdessen war der Wellengang noch stärker geworden, sodass ich mich ohne grosse Erklärungen ins Bett legen und ein «Do not disturb» an die Kabinentür hängen konnte. Als Robert den Kopf durch die Zwischentür streckte, murmelte ich nur: «Bitte schlafen lassen.» Und mit zwei Schlaftabletten gelang mir dies dann auch. Am nächsten Morgen bestellte ich mir Tee ans Bett und teilte Robert per SMS mit, dass ich noch eine Weile ruhen müsse.

Als er seine Kabine verlassen hatte, machte ich mich auf die Suche nach der Kleinen. Ich fand sie im ersten Untergeschoss, inmitten von Wäschebergen. Als sie mich sah, erschrak sie heftig und wollte davonrennen. Ich konnte sie gerade noch an der blau gestreiften Schürze festhalten. «Bitte lassen Sie mich los», flehte sie. «Was immer Sie denken, ich kann nichts dafür.» Ja, sie seien ein Paar, schon seit drei Jahren verlobt. Die Hochzeit sei nur noch eine Frage des Geldes. Aus diesem Grund habe er sich auf gewisse Sonderbehandlungen verlegt. Praktisch auf jeder Kreuzfahrt. «Er schwört immer, dies sei das letzte Mal, aber dann tut ers doch wieder. Es ist so leicht für ihn. Die Frauen laufen ihm alle nach.» Sie sackte richtiggehend in sich zusammen und begann laut zu schluchzen. Armes Ding! Sie war erst 22, aus sehr einfachen Verhältnissen einer Kleinstadt im Herzen von Mexiko, mit bescheidener Ausbildung und dem grossen Traum von Glück und Reichtum, der nie wahr werden würde. Interessanterweise verspürte ich keine Wut auf sie. Sie tat mir leid. Und ich mir ebenfalls.

Ich zog sie hinter eine dieser grossen Hotel-Waschmaschinen, befahl ihr, sich zu setzen und kniete mich zu ihr nieder. «Wir müssen das regeln!» Sie nickte. Und dann redeten wir. Lange und intensiv, nur unterbrochen von ihren gelegentlichen Weinkrämpfen. Am Mittag, als ihre Schicht zu Ende ging, hatten wir uns geeinigt.

Am nächsten Morgen um 08.16 Uhr stoppten plötzlich die Maschinen, das Schiff wurde langsamer, bis es nur noch auf den Wellen schaukelte. Der Kapitän meldete sich kurz über Mikrofon: «Nur eine kleine technische Übung, kein Grund zur Aufregung.» Nach einer knappen halben Stunde nahm die «Meerjungfrau» bereits wieder Fahrt auf. Einige Passagiere behaupteten jedoch, mehr zu wissen. Überall werde nach einem Mann gesucht. Vermutlich sei er in der Nacht über Bord gegangen. Da kein Passagier vermisst werde, müsse es ein Crew-Mitglied sein. Ein älteres Paar war sich sicher, dass es sich um den Selbstmord eines heimwehkranken vietnamesischen Kochs handelte. Andere Gäste vertraten die Meinung, ein jamaikanischer Matrose sei im Drogenrausch über die Reling gestürzt. Eine Suchaktion sei aber zwecklos, weil Ort und Zeit des Unglücks nicht bekannt waren.

Die Gerüchteküche brodelte noch ein paar Stunden weiter, dann traten andere Aktivitäten in den Vordergrund, allen voran das grosse «Quiz für schlaue Seemänner und schöne Meerfrauen», bei dem mehrere Reisen zu gewinnen waren.

Die Weiterreise mit Stops in Cartagena, Panama und Costa Rica verlief ohne Zwischenfälle. Das einzige ausserplanmässige Ereignis war eine Präsentation des neuen Abfallverwertungssystems. Am Nachmittag des zweitletzten Tages verlangsamte die «Meerjungfrau» unvermittelt ihre Fahrt und die Passagiere wurden allesamt nach Achtern gebeten. «Liebe Gäste», hallte die Stimme des ersten Offiziers aus dem Lautsprecher. «Wir möchten Ihnen die enormen Anstrengungen der Reederei in Sachen Umweltschutz vor Augen führen. Als erstes Hochseeschiff ist die ‹Meerjungfrau› nämlich in der Lage, sämtliche Abfälle dank KI-Steuerung vollautomatisch zu sortieren und materialgerecht um- oder abzubauen.» Er hatte kaum fertig gesprochen, als ein schrilles Signal ertönte und der Schiffsbauch lauter grosse weisse Säcke ins Meer zu spucken begann. Ein Raunen ging durch die Zuschauermenge: «Das ist doch Umweltverschmutzung!» «Ganz im Gegenteil», erklärte die Lautsprecherstimme. «Diese Säcke lösen sich von selber komplett zu Fischfutter auf.» Tatsächlich versank ein Sack nach dem anderen in den Fluten, worauf sich überall Strudel aus silberglänzenden Fischen bildeten.

Carmelita und ich standen an der Reling und beobachteten das Geschehen. Als der letzte Sack untergegangen war, rannen Tränen über ihre Wangen. «Ich glaube, ich werde ihn weiter lieben.»

«Ich auch», seufzte ich.

Curry-Pouletsalat – abgeschaut auf einer Party in Jamaika

Zutaten für 4 Personen

2	Pouletbrüste, in leicht gesalzenem Wasser gekocht und zu Lamellen verzupft
100 g	rohe geraffelte Rüebli
1	Mango, zur Hälfte als Mus für die Sauce, zur Hälfte in kleinen Stücken
1	Handvoll Sultaninen

Sauce

	Mango-Mus
1/2	Tasse Hühnerbrühe
	Currypulver nach Belieben
3	ausgepresste frische Knoblauchzehen
1	Stück klein geraffelter Ingwer (etwa halbe Daumengrösse)
1 Prise	Salz
	Etwas frisch gemahlene Pfeffermischung
	Ev. eine Prise Cayennepfeffer
1	grosszügige Prise Zucker

Zubereitung

- Sauce mischen, Fleisch, Gemüse und Früchte dazugeben und im Kühlschrank 2–3 Std. ziehen lassen, Saft ausdrücken, damit sich Häufchen formen lassen. Auf Gurkenrosetten anrichten.

11

Die Schönheit der Sprache

Das Schicksal ist ungerecht. Häufig beschenkt es ausgerechnet jene, die es nicht verdient haben. Und umgekehrt werden oft jene bestraft, die sich nichts zuschulden kommen liessen, ja, die in aufopfernder Menschenliebe allen andern die Sorgen abzunehmen versuchen. Zu dieser zweiten Sorte gehörte Elfriede K., Besitzerin der kleinen Buchhandlung am Münzplatz. Sie war ohne Zweifel die Güte selbst. Wo immer jemand Hilfe benötigte, war sie zur Stelle. Jeden Montagabend las sie den Betagten im Seniorenheim vor, jeden Mittwochnachmittag hütete sie den Hund der Nachbarn, jeden Freitagmittag schenkte sie im Obdachlosenheim Suppe aus und wenn an Wochenenden ein Basar, eine Unterschriftensammlung oder ein Vereinsfest stattfand, war sie bestimmt tatkräftig dabei. Das war natürlich weitherum bekannt. Und deshalb nahmen viele Leute an ihrem traurigen Schicksal teil, das ihr immer wieder die schönsten Hoffnungen auf eine glückliche Zweisamkeit zerstörte.

Lassen Sie mich ihre Geschichte von Anfang an erzählen. Das Haus am Münzplatz, unweit der berühmten Bahnhofstrasse, hatte sie von ihrem Onkel geerbt, der im

Erdgeschoss eine Bäckerei betrieben hatte. Das gab ihr die finanzielle Freiheit, zu tun, was ihr Freude bereitete. Die Altbauwohnungen in den Obergeschossen liess sie von einem Stararchitekten in ultramodernem Design umgestalten, sodass sie teuer vermietet werden konnten. Und das Erdgeschoss verwandelte sie in eine Buchhandlung, besser gesagt, in eine kleine, feine Insel der Literatur. Die Bücherregale in den beiden geräumigen alten Stuben wirkten wie kunstvolle bunte Installationen, und die gemütlichen Sessel in der Mitte der Räume zogen die Besucher magisch an, sodass manch einer die Zeit vollkommen vergass und schliesslich ein ganz anderes Werk kaufte als vorgesehen.

Ja, mit der Auswahl der Bücher war es so eine Sache. Elfriede führte nämlich beileibe nicht jeden Bestseller, sondern nur das, was sie selbst für gut und lesenswert befand. Trendromane in Fäkaliensprache kamen nicht in ihren Laden. Wer danach fragte, wurde sogleich hinauskomplimentiert. Hatte hingegen ein Kunde Interesse für einen Klassiker, nahm sie sich jede Zeit der Welt. Es konnte sogar geschehen, dass sie ihn zum Kaffee in den hinteren Teil des Hauses einlud. Dort, wo noch immer der Duft der Backstube in der Luft lag, hatte sie sich einen privaten Rückzugsort, ein «Allerheiligstes» für entspannte Stunden eingerichtet. Und dort konnte sie immer wieder ihrer Lieblingslektüre, nämlich Robert Musils «Der Mann ohne Eigenschaften», frönen – diesem grandiosen, mehr als 1500 Seiten starken Roman, den sie wohl schon an die zwanzigmal gelesen hatte. Gerne vertiefte sie sich auch in die Internet-Fragestunde eines Sprachwissenschaftlers namens Dr. Born, die zuweilen in köstlichen Schlusssätzen wie dem folgenden gipfelten: «Möge diese schöne Ausdrucksweise noch lange unser aller die deutsche Sprache liebendes Auge erfreuen.»

An dieser Stelle muss gesagt werden, dass ihre Liebe zur Literatur im Besonderen und zur deutschen Sprache im Allgemeinen wohl vererbt war. Als Tochter eines militanten Linguisten, der sich zum Ziel gesetzt hatte, den Genitiv gegen den immer stärker vordringenden Dativ zu verteidigen, war es ihr eine heilige Pflicht, die saubere Schönheit von Sprache und Schrift zu erhalten, ja, sie vehement vor allfälligen Schändern zu schützen. Anglizismen, die selbst traditionell seriöse Presseerzeugnisse heute verwenden, galt es ihrer Meinung nach mit äusserster Entschlossenheit zu bekämpfen. Das tat sie denn auch in schöner Regelmässigkeit im Rahmen ihres Lesezirkels oder – wenn der Ernst der Lage es erforderte – mittels Flugblättern und Inseraten.

Verständlich also, dass sie in Bezug auf Männerbekanntschaften sehr anspruchsvoll war. Eine höhere Bildung und ein sicheres stilistisches Gespür waren unabdingbare Voraussetzungen. Und das liess sich leider meistens nicht auf Anhieb feststellen. So blieb sie lange Jahre allein, obwohl es ihr keineswegs an Verehrern fehlte. Schliesslich waren ihre unendliche Güte und ihre erfreuliche finanzielle Situation weitherum bekannt. Zudem war sie eine durchaus angenehme Erscheinung, wenn auch mit etwas zu knochigen Schultern, ein bisschen zu schmalen Lippen und allzu strähnigen Haaren.

Ältere Einwohner wussten zu berichten, dass sie in jungen Jahren verheiratet gewesen war. Angeblich mit einem Notariatsgehilfen, der die besten Aussichten auf eine politische Karriere besass. Kinder hatten sie keine, denn das Glück währte nicht lange. Eine zu spät erkannte Blinddarmentzündung raffte ihn dahin, noch ehe er zum ersten Mal für den Zürcher Gemeinderat kandidieren konnte. Elfriede trauerte viele Jahre um ihn und tat Gutes, wo immer sie konnte.

Ihre erste grosse Liebe, nach diesem Schicksalsschlag, war Norbert B., Redaktor des Lokalblattes einer Vorortsgemeinde. Zweifellos war er der ideale Lebenspartner, stand der träfe Ausdruck doch im Mittelpunkt seiner beruflichen Tätigkeit. Elfriede war ihm von Anfang an sehr zugetan, denn sie wusste, dass er seine Frau verlassen hatte, weil sie ständig Schundromane las. Nur war er leider nicht ganz von Fehlleistungen gefeit. Unter anderem bediente er sich rücksichtloser Abkürzungen, wie «mal» statt «einmal» und neudeutscher Ausdrücke wie «Shopping». Das schien der aktuell notwendige journalistische Stil zu sein, zu dem die Printmedien wohl gezwungen waren, wollten sie der digitalen Konkurrenz die Stirn bieten. Elfriede fand sich also damit ab und verwöhnte ihn zweimal pro Woche in ihrem «Allerheiligsten». Doch, oh Tragik des Schicksals, ausgerechnet beim gemeinsamen Kaffee mit Apfelkuchen befielen ihn heftigste Schmerzen. Und noch bevor der Arzt da war, verschied er in ihren Armen, nicht ohne «Elfriede» gestöhnt zu haben. Es war der traurigste Moment in ihrem Leben. Die halbe Stadt trauerte mit ihr.

Von da an zog sie sich von allen Männern zurück und verstärkte ihr Engagement im Samariterverein, im Gemeinnützigen Frauenverein und beim Freiwilligen Mahlzeitendienst. Bis Immobilienmakler Thomas F., ein geschiedener Mann in den besten Jahren, in ihr Leben trat. Optisch entsprach er zwar nicht ganz ihren Idealen und intellektuell war er nicht unbedingt auf ihrem Niveau. Und sein typischer Immobilienjargon mit Wortschöpfungen wie «Renovationspotenzial» jagten ihr kalte Schauer über den Rücken. Aber er hatte ein gewisses Etwas, dem sie sich nicht entziehen konnte. Sein schallendes Lachen versetzte sie unverzüglich in gute Laune. Und seine feuchten Hände sorgten für das nötige Quäntchen Ekel als Voraussetzung für unbändige Lust – so wie der Anblick einer noch zuckenden Auster bei vielen Menschen gleichzeitig Abscheu und Appetit hervorruft. Ihre Beziehung erhielt indessen einen massiven Dämpfer, als er sie eines Tages «meine Einzigste» nannte. «Oh Gott», dachte sie «ein Superlativ, den es gar nicht gibt!» Kurz darauf, als er in fröhlicher Aufwallung den Dativ mit dem Genitiv verwechselte, war das Mass voll; ihre Leidenschaft war mit einem Mal wie weggewischt. Bevor sie mit ihm Schluss machen konnte, geschah allerdings etwas Furchtbares: Er verstarb ganz plötzlich. Es musste sich um Herzversagen gehandelt haben.

ABZY?

Ihre nächste Liaison mit einem erfolgreichen Werbefachmann endete ebenfalls abrupt. Unmittelbar nachdem er ihr seinen neuesten Slogan – eine witzige Interpretation eines Goethe-Zitats – gewidmet hatte, verschwand er auf Nimmerwiedersehen. Böse Zungen behaupteten, seine Frau habe Wind von der Sache bekommen und ihn gezwungen, in eine andere Stadt zu ziehen. Andere wollten ihn im Kantonsspital in einem Gitterbett liegend gesehen haben.

Zum Glück hatte Elfriede nicht viel Zeit, um mit ihrer Einsamkeit zu hadern. Ihr Geschäft erlebte einen erfreulichen Aufschwung, da sich immer mehr internationale Firmen und vermögende Ausländer in der Stadt ansiedelten. So ergaben sich laufend interessante Begegnungen, freilich ohne nachhaltige Wirkung für Elfriede. Mit einer Ausnahme: Kurz vor Ostern erschien ein Kunde, vermutlich aus deutschen Landen, der ohne Umschweife nach Musils «Mann ohne Eigenschaften» fragte. Man stelle sich vor: Ein Mann, der offensichtlich dieselben Vorlieben hatte wie sie! Ein Geistes- oder womöglich sogar Seelenverwandter! Und darüber hinaus selbst Schriftsteller, wie er sogleich bekannte. «Wissen Sie», sagte er in vertraulichem Ton, «bis anhin pflegte ich leider oft des Müssiggangs. Aber in dieser Stadt fühle ich mich zu grössten Taten beflügelt, ist sie mir doch ein unerschöpflicher Quell der Inspiration.» Sie starrte ihn an und brachte vor lauter Wonne kein Wort heraus. Diese herrliche Formulierung! Diese elegante Sprache! Vor ihrem inneren Auge sah sie sich bereits mit ihm in trauter

Zweisamkeit im «Allerheiligsten» sitzen und beim Plaudern über Gott, die Welt und die Literatur im Gleichklang verschmelzen.

Und sie war sich gar nicht sicher, ob sie auch ihm das feine weisse Pulver in den Kaffee streuen sollte.

Elfriedes Apfelkuchen – absolut ungefährlich

Zutaten pro Portion

1	ausgewallter runder Blätterteig von 16 cm Durchmesser
200 g	Rahmquark
2	feste mittelgrosse Äpfel
1	Ei
2 EL	Zucker
2 EL	geriebene Haselnüsse
2 EL	klein geschnittene Walnusskerne
2 EL	Sultaninen
	Schlagrahm zum Garnieren

Zubereitung

- Blätterteig in eine Wähenform legen, Boden mit geriebenen Haselnüssen bestreuen.
- Äpfel schälen, vom Kerngehäuse befreien und in Lamellen schneiden. Diese fächerartig auf den Teigboden legen.
- Quark, Ei und Zucker zusammen zu einem Guss verquirlen, der über die Apfelstücke gegossen und gleichmässig verteilt wird. Dann die Sultaninen und die Nussstückchen darüber streuen.
- Im vorgeheizten Ofen auf unterster Rille bei 200 Grad backen, bis der Kuchen schön hellbraun ist. Auf einem Brett etwas auskühlen lassen und vor dem Servieren mit Schlagrahm garnieren.
- Kann warm oder kalt gegessen werden.

12
Grausame Rache

Architekt Gion Madurn sass in seinem Lehnstuhl und zog heftig an seiner Pfeife. Dann und wann nahm er einen kräftigen Schluck Cognac; mit fortschreitender Zeit immer öfter. Es war nun bereits halb drei Uhr morgens, aber die Entspannung wollte sich einfach nicht einstellen. Auch diese Nacht würde er, wie in den vielen vorangegangenen, kaum schlafen können, das wusste er. Je mehr er sich zu beruhigen suchte, desto schlimmer wurde seine Erregung, desto heftiger und rascher kreisten seine Gedanken um diese eine Sache, die doch bereits einen Monat zurück lag. «Unsinn», schalt er sich selber. «Es wird nichts passieren.» Aber tief in seinem Innersten spürte er: «Doch, es würde etwas passieren.» Und zwar etwas ganz Furchtbares, etwas ständig Erwartetes und dennoch völlig Überraschendes. Denn Irene würde sich rächen, ja ganz bestimmt, würde sie sich rächen. Dabei hatte sie gar keinen Grund dazu. Oder sozusagen fast keinen. Jedenfalls war er nicht alleine schuld, dass es so weit gekommen war. Er hasste es einfach, wenn sich jemand zu tief in seine Angelegenheiten mischte, besonders wenn ihm Vorschriften oder gar Vorwürfe gemacht wurden. Ihre dauernde Anteilnahme, ihre Fragerei nach seinem Tun, seinen Plänen und dem Woher und Wohin, war doch im Grunde nichts anderes gewesen als Eifersucht. Und die angebliche Fürsorge, das ganze Getue um sein Wohl, war ein perfider Versuch, ihn zu kontrollieren und zu manipulieren, ja, recht eigentlich zu terrorisieren. So wie es seine Mutter jeweils erfolglos versucht hatte. Immer dieser mütterlich-strafende Blick: «Ich weiss genau, was du denkst und tust, gib es zu.» Und dann die unausgesprochene, aber dennoch stets spürbare Forderung: «Ändere dich gefälligst, aber subito.»

Nun gut, er war vielleicht nicht ganz fair gewesen. Man gibt seiner langjährigen Geliebten nicht plötzlich den Laufpass mit der lapidaren Begründung, man wolle wieder mal was Neues ausprobieren. Aber in jenem Moment konnte er nicht anders. Als sie ihn von der vielversprechenden Investition in ein ultracooles «Drive-in»-Spa abhalten wollte, platzte ihm einfach der Kragen. «Fertig, Schluss, was zu viel ist, ist zu viel», hatte er geschrien, seine Jacke vom Haken gerissen und die Wohnungstür hinter sich zugeknallt. Und sie hatte ihn nicht einmal aufzuhalten versucht.

In den folgenden Tagen hatte er alle paar Minuten auf sein Handy geschaut, überzeugt, dass sie versuchen würde, ihn umzustimmen. Aber es kam weder ein Anruf noch eine SMS. Er zerbrach sich den Kopf, was mit ihr los war. Gleichmut passte nicht zu ihr, schliesslich war sie im Sternzeichen Widder geboren. Also würde sie sich nicht sang- und klanglos abschieben lassen.

Bestimmt wollte sie ihn mit einem teuflischen Plan von sich abhängig machen oder ihm irgendwelche Probleme bereiten, um ihn zu zwingen, sich ihr wieder zuzuwenden.

Allein, es geschah nichts. Und das war gar nicht leicht zu ertragen. Je mehr er nachdachte, desto sicherer war er, dass diese Ruhe eine messerscharfe Taktik war, um ihn total fertigzumachen.

Nun hiess es, die Nerven zu behalten und sich genau zu überlegen, wo er am verletzlichsten war. Schon in der ersten Woche hatte er vorsorglich sein Türschloss auswechseln lassen und seine sämtlichen Passwörter geändert. Überdies entfernte er seine alte Homepage und stellte nur noch die wichtigsten Eckdaten ins Netz, die allfällige Kunden für eine Kontaktaufnahme benötigten. Dann, eines Nachts, wachte er schweissnass auf und rannte zum PC. Mein Gott, wie hatte er bloss sein Facebook-Profil vergessen können! Als auch dieses gelöscht war, fühlte er sich zum ersten Mal seit Langem froh und erleichtert.

Dieser Zustand dauerte leider nicht lange an. Denn exakt zwei Monate nach dem Aus ihrer Beziehung traf ihn der erste Schlag: Die Investition, die er ihrer Warnung zum Trotz getätigt hatte, ging voll in die Hose. Das geplante Spa erwies sich schon vor der Realisierung als Flop. Ganz klar, das war Irenes Handschrift! Es war zwar nicht ersichtlich, wie sie es geschafft hatte, aber genau das war typisch für ihre Raffinesse. Immerhin wusste er nun, dass sie ihm auf beruflicher Ebene schaden wollte. Fehlte bloss, dass sie versuchte, seinen Ruf als Architekt zu ruinieren oder die in Aussicht stehenden Aufträge zu sabotieren, allen voran die Grossüberbauung im Grüt-Acker in Adliswil, direkt an der Stadtgrenze von Zürich, für die sein Partner Mark und er selber die Vorstudie erstellt hatten. Ein Jahrhundert-Auftrag. 250 Wohneinheiten, zwei Hotels, ein Schulhaus, eine Mehrzweckhalle, genial strukturiert in einer Kombination von grüner Ländlichkeit und urbanem Lifestyle, üppig begrünt mit internem unterirdischem Transportsystem, vollständig CO_2-neutral, 90 Prozent eigene Energieversorgung. Kurzum, die Perfektion schlechthin. Natürlich gab es da Neider, Ewiggestrige und Trittbrettfahrer. Sowie eine Menge alter Säcke, die ihre satten Gewinne zu Recht davonschwimmen sahen. Man musste also subtil vorgehen. Das hiess, zunächst die zuständigen Politiker von ihrem persönlichen Mehrwert punkto Wählergunst überzeugen. Eine Frau wie Irene könnte hier zweifellos eine Menge kaputtmachen. Mit Augenaufschlägen, Lockenschütteln, künstlichen Sorgenfalten auf der Stirn (und wer weiss, was sonst noch) würde es ihr vermutlich ein Leichtes sein, die örtliche Baukommission inklusive Stadtpräsident für einen anderen Bewerber zu begeistern. Dieses Biest! Und dieser Idiot von einem Stadtpräsidenten!

Eiligst beraumte er eine Sitzung mit seinem Geschäftspartner an. «Ich habe die schlimmsten Befürchtungen», hob er an. «Die Überbauung im Grüt-Acker geht den Bach runter, denn Irene versucht, den Auftrag zu vereiteln. Sie will sich nämlich an mir rächen.» Sein Partner

war ziemlich verblüfft. Dann lachte er laut: «Red keinen Quatsch, Irene könnte niemandem etwas zuleide tun, dir schon gar nicht. Vermutlich liebt sie dich noch immer. Das sind abartige Auswüchse deines schlechten Gewissens. Und das hast du ja nicht umsonst.»

In den folgenden Wochen geschah wiederum nichts. Der Entscheid bezüglich des Grüt-Ackers wurde aufgrund der Sommerferien vertagt. Man wolle im September darüber befinden, hiess es von amtlicher Seite. Mark ging drei Wochen in die Ferien nach Ibiza, und Gion Madurn besuchte seine Verwandten im Bündner Oberland, um der Hitze in Zürich zu entfliehen. Dort oben in der kühlen, klaren Bergluft, bei Veltliner und Bergkäse, versprach er sich Ruhe und Läuterung.

Und das gelang ihm eigentlich recht gut. Bis seine alten Schulkollegen einander am Stammtisch in der «Casa Veglia» mit Geschichten über mysteriöse Bergunfälle übertrumpften. Da kam die Angst stärker als zuvor in ihm hoch. Was, wenn Irene ihn nicht nur wirtschaftlich zerstören wollte? Wenn sie ihm nach dem Leben trachtete? Wieso war der Reifen seines Mountainbikes vor zwei Tagen plötzlich mitten in der Rheinschlucht geplatzt? Und warum wollte Balz Tscharnup, der einstige Rivale im Turnverein, ihn mit allen Tricks überreden, die 3221 m hohe «Tüflispitze» über den schwierigen Nordgrat zu besteigen?

Am nächsten Tag reiste er ab. Die Stadt war wohl doch noch sicherer. Und schön war sie zu dieser Jahreszeit ebenfalls. Die vielen gemütlichen Gartenbeizchen im neuen Trendquartier Wiedikon! Die Liegewiesen am See! Die vielen freien Parkplätze, die staufreien Strassen, die selbst an Samstagen kaum besuchten Geschäfte in der Innenstadt! Die meisten Einheimischen waren in den Ferien; und die asiatischen Touristengruppen konzentrierten sich auf ein paar neuralgische Stellen, die es natürlich zu meiden galt.

Von nun an wollte er wieder häufiger durch die Altstadt schlendern und im «Glockenstübli» einkehren, das für seine Kutteln an Kümmelsauce berühmt war. Der Wirt erkannte ihn sofort und freute sich ganz offensichtlich über sein Erscheinen: «Endlich kommst du, alter Junge! Ich habe dich schon lange erwartet. Wir haben jetzt nämlich einen total trendigen Look!» Tatsächlich war das Lokal nicht wiederzuerkennen. Der graue Teppichboden war einem hellen Parkett gewichen, die beigen Wände erstrahlten in zartem Orange und die Möbel waren in schwarz-weissem Bistro-Stil gehalten. Das musste eine schöne Stange Geld gekostet haben. «Hast du einen betuchten Vetter-Götti oder was?», fragte Madurn argwöhnisch. «Eher eine Gotte», schmunzelte der Wirt. «Übrigens, die Menükarte ist auch neu. Wir machen unter anderem auf vegetarisch und sogar vegan. Wenn du willst, koche ich speziell für dich ein herrliches Pilzgericht.»

Eine Gotte? Und ein spezielles Pilzgericht? In Madurns Ohren klingelten die Alarmglocken. Ein Giftanschlag, das also war Irenes Plan! Und sie hatte ihn sozusagen vorfinanziert! Unter dem Vorwand, soeben eine dringende

Nachricht erhalten zu haben, verliess er fluchtartig das Restaurant.

Fortan kaufte er nur noch Fertiggerichte in verschiedenen Supermärkten der Agglomeration, wo man ihn bestimmt nicht kannte. Den fehlenden Gaumengenuss kompensierte er abends mit Cognac und Whisky. Das tat seiner psychischen Verfassung zwar kurzfristig gut, seiner Linie war es hingegen keineswegs förderlich. Bald passte keine einzige Hose mehr. So ging es nicht weiter, das war ihm klar. Nach längerem Zögern gab er sich endlich einen Ruck und buchte den Personaltrainer im Fitnessclub Albisgütli, wo er immer noch Mitglied war. Und das erwies sich als durchaus vielversprechend. In nur drei Wochen brachte er es fertig, den Bauch sichtbar abzuspecken und zugleich eine erfreuliche Beziehung zur clubeigenen Masseuse aufzubauen. Doch die Freude war von kurzer Dauer. Eines späten Nachmittags krachte ihm die 50 kg schwere Multipresse auf die Brust, und es war reines Glück, dass er sich nur zwei Rippen brach. Da fiel es ihm wie Schuppen von den Augen: Dieser Personaltrainer war doch bestochen worden! Nicht umsonst hatte er sich vier Wochen Maledivenferien leisten können. Mitsamt Partnerin und Sohn.

Schleunigst blies er das Fitnessprogramm ab und schaffte sich für teures Geld eine Pilates-Maschine an, die bei regelmässigem Gebrauch einen fantastischen Waschbrettbauch in Aussicht stellte. Das positive Resultat liess indessen trotz verbissenem Training auf sich warten – vielleicht weil er mittlerweile ohne den täglichen Cognac nicht mehr auskam?

So gingen die Tage ins Land, der Herbst machte sich mit kühlem Wind, fallenden Blättern und immer kürzeren Tagen bemerkbar. Eines Freitags, auf dem Heimweg von der Afterwork-Party in der Savoy-Bar am Paradeplatz, wo er sich wie üblich mit Kollegen einen Feierabenddrink genehmigt hatte, bemerkte er, dass sich bereits der Nebel auf die Stadt senkte. Das setzte ihm irgendwie zu. Er fühlte sich so mulmig wie auf einem schwankenden Schiff, obwohl die leicht verschwommenen Konturen der Altstadthäuser eine sanfte Ruhe ausstrahlten. Das ungute Gefühl wurde noch verstärkt, als er auf dem Münsterhof hinter sich Schritte auf dem Kopfsteinpflaster hörte. Schnell blickte er zurück. Ja, genau, da war eine dunkle Gestalt! Ohne genauer hinzusehen, beschleunigte er seine Schritte. Doch auch in der Storchengasse war der andere immer noch hinter ihm. Und nun vernahm er auch eine Stimme, die ihm zurief: «Bleib stehen!» Nein, nein, das würde er bestimmt nicht tun! Im Gegenteil. Im Laufschritt überquerte er den Weinplatz und bog in die schmale Schipfe-Gasse ein, die unmittelbar neben dem Fluss verläuft. Weit kam er allerdings nicht. Noch während er keuchend rannte, spürte er den Atem des Verfolgers und die Hände, die ihn zweifellos erwürgen wollten. Und im gleichen Moment hörte er eine unheimliche Stimme, die euphorisch rief: «Wir haben ihn!» Da blieb ihm nur noch der Sprung über die Mauer, hinunter in die endgültige Sicherheit und Erlösung, die ihn gurgelnd umschlang und in Sekundenschnelle forttrug.

Mark hielt sich an der Mauer fest und starrte entsetzt auf das tosende Wasser der Limmat, unfähig, sich zu bewegen, geschweige denn Hilfe zu holen. Tonlos formulierten seine Lippen noch einmal die Botschaft, die er hatte überbringen wollen: «Gion, wir haben ihn, den Auftrag für den Grüt-Acker.»

Irene vernahm die Nachricht von Gions Tod erst nach ihrer Rückkehr von einer wundervollen neunmonatigen Weltreise mit ihrem ehemaligen Chef.

*Aus unserem gemeinsamen Buch «Die asiatische Meisterkochschule»

Pilzgericht asiatischer Art – eine Idee meiner kambodschanischen Freundin Dany*

Zutaten für 4 Personen

4	parfümierte Pilze
300 g	½ frische Champignons, ½ andere frische Pilze
½	Dose Strohpilze
1	kleiner Chinakohl
1	Zwiebel
	Schnittlauch
	Soja-Öl zum Braten, evtl. anderes geschmackloses, stark erhitzbares Öl
	Sesam-Öl zum Abschmecken

Sauce

½ EL	Maisstärke und 2 EL Pilzsaft von den parfümierten Pilzen
2 EL	Austernsauce
1 TL	Sesam-Öl
1 EL	Sake
1 EL	Sojasauce
1 Prise	Zucker
1 Prise	Pfeffer

Zubereitung

- Die parfümierten Pilze 20 Minuten in heissem Wasser einweichen, dann entstielen und halbieren. Das Einweichwasser absieben und für die Sauce beiseitestellen.

- Die frischen Pilze sauber putzen, Strohpilze gut abtropfen lassen. Beide Pilzsorten ganz lassen! Chinakohl waschen und in 3 cm breite Lamellen schneiden. Zwiebel schälen und ebenfalls in Lamellen schneiden. Schnittlauch waschen, fein schneiden und beiseitestellen für die Dekoration.

- Alle Saucenzutaten mischen.

Über die Autorin

Christa Arnet ist in Zürich und Luzern aufgewachsen und wohnt in Adliswil. Als Journalistin/Redaktorin arbeitete sie zunächst im Lokalbereich, später behandelte sie vor allem Reise- und Lifestyle-Themen. So berichtete sie während 30 Jahren für die «Neue Zürcher Zeitung» und weitere namhafte in- und ausländische Zeitungen und Zeitschriften über Erlebnisse und Begegnungen in allen Teilen der Welt. Daneben war sie Co-Autorin mehrerer Bücher über Kulinarik, Reisen und Gesundheit.

Als die Pandemie ihrem Beruf ein abruptes Ende setzte, hatte sie endlich Zeit und Musse, ihren lang gehegten Traum zu verwirklichen: Frei von der Leber weg zu schreiben und ohne Zeitdruck und medientechnische Vorgaben ihre Fantasie und ihren Humor walten zu lassen. Die auf Reisen wie im privaten Umfeld und in langjähriger Behördentätigkeit gewonnenen Einblicke in fremde und einheimische Bräuche, verblüffende Zufälle, heitere Begebenheiten und nicht zuletzt auch in viele Vorurteile und Zwänge boten (und bieten immer noch) reichlich Stoff für spannende Geschichten.
2021 kamen «Die perfekte Weihnachtsfeier» mit 13 Weihnachtsgeschichten zum Schmunzeln und die englische Fassung «A Splendid Christmas» sowie ein Büchlein mit 17 Reisegeschichten unter dem Titel «Abenteuer für Anfänger» heraus. 2022 folgten dann die Kurzgeschichtensammlungen «Sehnsucht nach Down Under» und «Mein total normal-verrückter Alltag».

Krimis von Anne Gold

Die erfolgreiche Anne-Gold-Reihe ist auch als eBook erhältlich.

Anne Gold: Das Ende aller Träume (Band 17)

Maya, die 18-jährige Tochter von Sheila, einer guten Freundin von Nadine Kupfer, verschwindet nach einem Nachtclubbesuch spurlos. Die sofort eingeleitete Suche bleibt erfolglos. Als zudem ein Model, das bis vor Kurzem bei Sheilas Modelagentur unter Vertrag stand, ermordet wird, übernehmen Nadine und Kommissär Francesco Ferrari den Fall. Ist es Zufall, dass Maya verschwindet und beinahe zeitgleich ein Model ermordet wird? Obwohl sich die beiden jungen Frauen kannten, scheint es keine Verbindung zwischen den zwei Ereignissen zu geben. Und so stellen sich die Ermittlungen als extrem schwierig heraus, das bewährte Duo kommt an seine Grenzen. Als Nadine zudem einen Alleingang wagt, kommt es beinahe zur Katastrophe ... Mit «Das Ende aller Träume» liegt der 17. Ferrari-Krimi der Bestsellerautorin Anne Gold vor.

304 Seiten, gebunden mit Schutzumschlag
ISBN 978-3-7245-2575-2, CHF 29.80

Anne Gold: Über den Tod hinaus (Band 16)

Am frühen Morgen wird im St. Alban-Park ein Mann tot aufgefunden, ermordet durch mehrere Messerstiche. Das Opfer ist ein erfolgreicher Junganwalt, der mit zwei gleichaltrigen Kollegen eine Kanzlei führte. Kommissär Francesco Ferrari und seine Assistentin Nadine Kupfer übernehmen den Fall und vermuten den Täter im beruflichen Umfeld des Toten. Dieser Verdacht erhärtet sich, als sie erfahren, dass zwei Klienten dem Anwalt offen drohten, weil sie durch dessen Schuld viel Geld verloren hatten. Kurze Zeit später kommt der zweite Anwalt ums Leben. Wer steckt hinter diesem brutalen Racheakt? Geht es wirklich um Geld oder verbirgt sich mehr dahinter? Und gelingt es dem eingespielten Ermittlungsduo, den Dritten im Bunde zu beschützen? Die Uhr tickt. Einmal mehr blicken Nadine und Ferrari in menschliche Abgründe und versuchen, das Unmögliche möglich zu machen.

280 Seiten, gebunden mit Schutzumschlag
ISBN 978-3-7245-2511-0, CHF 29.80

Die weiteren Krimis von Anne Gold

Band 1: Tod auf der Fähre
gebunden mit Schutzumschlag, ISBN 978-3-7245-1433-6, CHF 29.80
Taschenbuch, ISBN 978-3-7245-1691-0, CHF 14.80

Band 2: Spiel mit dem Tod
gebunden mit Schutzumschlag, ISBN 978-3-7245-1471-8, CHF 29.80
Taschenbuch, ISBN 978-3-7245-1762-7, CHF 14.80

Band 3: Requiem für einen Rockstar
Taschenbuch, ISBN 978-3-7245-1794-8, CHF 14.80

Band 4: Und der Basilisk weinte
gebunden mit Schutzumschlag, ISBN 978-3-7245-1610-1, CHF 29.80
Taschenbuch, ISBN 978-3-7245-1882-2, CHF 14.80

Band 5: Helvetias Traum vom Glück
Taschenbuch, ISBN 978-3-7245-1994-2, CHF 14.80

Band 6: Das Auge des Sehers
Taschenbuch, ISBN 978-3-7245-2044-3, CHF 14.80

Band 7: Das Schweigen der Tukane
Taschenbuch, ISBN 978-3-7245-2106-8, CHF 14.80

Band 8: Die Tränen der Justitia
gebunden mit Schutzumschlag, ISBN 978-3-7245-1930-0, CHF 29.80
Taschenbuch, ISBN 978-3-7245-2213-3, CHF 14.80

Band 9: Wenn Marionetten einsam sterben
gebunden mit Schutzumschlag, ISBN 978-3-7245-2018-4, CHF 29.80
Taschenbuch, ISBN 978-3-7245-2277-5, CHF 14.80

Band 10: Das Lachen des Clowns
gebunden mit Schutzumschlag, ISBN 978-3-7245-2081-8, CHF 29.80

Band 11: Unter den Trümmern verborgen
gebunden mit Schutzumschlag, ISBN 978-3-7245-2150-1, CHF 29.80

Band 12: Wenn Engel sich rächen
gebunden mit Schutzumschlag, ISBN 978-3-7245-2230-0, CHF 29.80

Band 13: Der Gesang des Todes
gebunden mit Schutzumschlag, ISBN 978-3-7245-2295-9, CHF 29.80

Band 14: Vergib uns unsere Schuld
gebunden mit Schutzumschlag, ISBN 978-3-7245-2364-2, CHF 29.80

Band 15: Im Sinne der Gerechtigkeit
gebunden mit Schutzumschlag, ISBN 978-3-7245-2439-7, CHF 29.80

Kurzgeschichten von Autor:innen aus dem Friedrich Reinhardt Verlag

Schwarzer Holunder
Kurzgeschichten von Anne Gold, Helen Liebendörfer, -minu, Elisa Monaco, Rolf von Siebenthal und Dani von Wattenwyl
Es ist das erste, aber hoffentlich nicht das letzte Mal, dass sechs Bestsellerautorinnen und -autoren aus dem Friedrich Reinhardt Verlag mit Kurzgeschichten in einem Sammelband aufwarten. Spannende und überraschende Geschichten, die Sie einzeln oder am Stück geniessen können. Von der humorvollen Erzählung über einen spannenden Kurzkrimi bis hin zur mystisch inspirierten Lektüre finden Sie alles in diesem Band – ein garantierter Lesespass.

312 Seiten, kartoniert, ISBN 978-3-7245-2582-0, CHF 24.80

Rolf von Siebenthal im Friedrich Reinhardt Verlag

Lange Schatten
Ein Leibwächter stirbt, eine Bundesrätin überlebt. Auf den ersten Blick sieht es wie ein missglückter Anschlag aus, doch Bundeskriminalpolizist Alex Vanzetti hat Zweifel. Ein weiterer Mord geschieht, das Opfer arbeitete als Arzt am Inselspital. Während Vanzetti und seine Sonderkommission im Dunkeln tappen, bekommt die junge Journalistin Zoe Zwygart mysteriöse Botschaften, die auf einen Serientäter hinweisen. Auf der Jagd nach einer Exklusivgeschichte sucht sie den Absender. Doch je tiefer Zwygart und Vanzetti in der Vergangenheit graben, desto mehr geraten sie selbst in Gefahr. Denn jemand will mit allen Mitteln verhindern, dass die Wahrheit ans Licht kommt.

464 Seiten, gebunden mit Schutzumschlag,
ISBN 978-3-7245-2155-6, CHF 29.80

Letzte Worte

Die Berner Ständerätin Eva Bärtschi wird in ihrem Haus in Worb erschossen. Zunächst sieht alles nach einem simplen Raubmord aus, doch so einfach ist der Fall leider nicht. Informationen, die Politiker und Firmenchefs zu Fall bringen könnten, sollen sich in verschlüsselter Form auf dem Computer der Ständerätin befinden. Alex Vanzetti macht sich auf die Suche nach dem Täter und erhält von der pensionierten Journalistin Lucy Eicher Unterstützung, die sich Antworten erhofft, die sie seit 40 Jahren quälen.

440 Seiten, gebunden mit Schutzumschlag,
ISBN 978-3-7245-2227-0, CHF 29.80

Kaltes Grab

Nach dem überraschenden Rücktritt eines Bundesrats stehen in Bern Ersatzwahlen an. Als Favorit für den freien Sitz gilt der erfolgreiche Zürcher Nationalrat Adrian Ott. Dieser soll in illegale Börsengeschäfte verwickelt sein, das geht jedenfalls aus Unterlagen hervor, die der Journalistin Zoe Zwygart zugespielt werden. Eine Exklusivgeschichte witternd, beginnt sie zu recherchieren. Zunächst nur widerwillig nimmt sie dabei auch die Hilfe von Alex Vanzetti in Anspruch. Doch sie merkt bald, dass sie jede erdenkliche Unterstützung brauchen wird. Sonst wird sie diesen kalten Januar nicht überleben.

480 Seiten, kartoniert, ISBN 978-3-7245-2296-6, CHF 19.80

Römerschatz

Raab ist ein Gauner aus Überzeugung. Heckt er nicht gerade seinen nächsten Coup aus, hilft er bei Schülergrabungen in Augusta Raurica mit. Als dabei ein Skelett gefunden wird, wird eine Verbrecherbande auf ihn aufmerksam, auf deren Abschussliste Raab seit Jahren steht. Der Bandenchef stellt ihn vor die Wahl: Entweder treibt Raab die verschollenen Stücke des Silberschatzes von Augusta Raurica auf oder er stirbt ...

536 Seiten, kartoniert, ISBN 978-3-7245-2516-5, CHF 19.80